Diogenes Taschenbuch 23517

Die schönsten Gedichte von Kurt Tucholsky

Ausgewählt von Daniel Kampa

Diogenes

Umschlagillustration:
Plakat von Paul Scheurich,
›Butterick's Modern-Revue,
Mode-Journal der eleganten Frau‹, 1912,
Hollerbaum & Schmidt Berlin N 65 (Ausschnitt)

Foto: May Voigt, Chemnitz

www.diogenes.ch
50/06/8/1
ISBN 13: 978 3 257 23517 3
ISBN 10: 3 257 23517 8

Inhalt

An das Publikum

O hochverehrtes Publikum,
sag mal: bist du wirklich so dumm,
wie uns das an allen Tagen
alle Unternehmer sagen?
Jeder Direktor mit dickem Popo
spricht: »Das Publikum will es so!«
Jeder Filmfritze sagt: »Was soll ich machen?
Das Publikum wünscht diese zuckrigen Sachen!«
Jeder Verleger zuckt die Achseln und spricht:
»Gute Bücher gehn eben nicht!«
    Sag mal, verehrtes Publikum:
    bist du wirklich so dumm?

So dumm, daß in Zeitungen, früh und spät,
immer weniger zu lesen steht?
Aus lauter Furcht, du könntest verletzt sein;
aus lauter Angst, es soll niemand verhetzt sein;
aus lauter Besorgnis, Müller und Cohn
könnten mit Abbestellung drohn?
Aus Bangigkeit, es käme am Ende
einer der zahllosen Reichsverbände
und protestierte und denunzierte
und demonstrierte und prozessierte...
    Sag mal, verehrtes Publikum:
    bist du wirklich so dumm?

Ja, dann…

Es lastet auf dieser Zeit
der Fluch der Mittelmäßigkeit.
Hast du so einen schwachen Magen?
Kannst du keine Wahrheit vertragen?
Bist also nur ein Grießbrei-Fresser –?
Ja, dann…

Ja, dann verdienst dus nicht besser.

Das Ideal

Ja, das möchste:
Eine Villa im Grünen mit großer Terrasse,
vorn die Ostsee, hinten die Friedrichstraße;
mit schöner Aussicht, ländlich-mondän,
vom Badezimmer ist die Zugspitze zu sehn –
aber abends zum Kino hast dus nicht weit.

Das Ganze schlicht, voller Bescheidenheit:

Neun Zimmer, – nein, doch lieber zehn!
Ein Dachgarten, wo die Eichen drauf stehn,
Radio, Zentralheizung, Vakuum,
eine Dienerschaft, gut gezogen und stumm,
eine süße Frau voller Rasse und Verve –
(und eine fürs Wochenend, zur Reserve) –,
eine Bibliothek und drumherum
Einsamkeit und Hummelgesumm.

Im Stall: Zwei Ponies, vier Vollbluthengste,
acht Autos, Motorrad – alles lenkste
natürlich selber – das wär ja gelacht!
Und zwischendurch gehst du auf Hochwildjagd.

Ja, und das hab ich ganz vergessen:
Prima Küche – erstes Essen –

alte Weine aus schönem Pokal –
und egalweg bleibst du dünn wie ein Aal.
Und Geld. Und an Schmuck eine richtige Portion.
Und noch ne Million und noch ne Million.
Und Reisen. Und fröhliche Lebensbuntheit.
Und famose Kinder. Und ewige Gesundheit.

Ja, das möchste!

Aber, wie das so ist hienieden:
manchmal scheints so, als sei es beschieden
nur pöapö, das irdische Glück.
Immer fehlt dir irgendein Stück.
Hast du Geld, dann hast du nicht Käten;
hast du die Frau, dann fehln dir Moneten –
hast du die Geisha, dann stört dich der Fächer:
bald fehlt uns der Wein, bald fehlt uns der Becher.

Etwas ist immer.

Tröste dich

Jedes Glück hat einen kleinen Stich.
Wir möchten so viel: Haben. Sein. Und gelten.
Daß einer alles hat:
das ist selten.

Im Käfig

Hinter den dicken Stäben meiner Ideale
lauf ich von einer Wand zur andern Wand.
Da draußen gehen Kindermädchen, Generale,
Frau Lederhändlerswitwe mit dem Herrn Amant...

Manchmal sieht einer her. Mit leeren Blicken:
Ah so! ein Tiger – ja, das arme Tier...
Dann sprechen sie von »Tantchen auch was schicken
in Pergamentpapier«.

Ich möcht so gern hinaus. Ich streck und dehn mich –
die habens gut, mit ihrer großen Zeit!
Sie sind gewiß nicht rein, und doch: ich sehn mich
nach der Gemeinsamkeit.

Der Tiger gähnt. Er käm so gern geloffen...
Doch seines Käfigs Stäbe halten dicht.
Und ließ der Wärter selbst die Türe offen:
Man geht ja nicht.

Ideal und Wirklichkeit

In stiller Nacht und monogamen Betten
denkst du dir aus, was dir am Leben fehlt.
Die Nerven knistern. Wenn wir das doch hätten,
was uns, weil es nicht da ist, leise quält.
    Du präparierst dir im Gedankengange
    das, was du willst – und nachher kriegst dus nie …
    Man möchte immer eine große Lange,
    und dann bekommt man eine kleine Dicke –
        C'est la vie –!

Sie muß sich wie in einem Kugellager
in ihren Hüften biegen, groß und blond.
Ein Pfund zu wenig – und sie wäre mager,
wer je in diesen Haaren sich gesonnt …
    Nachher erliegst du dem verfluchten Hange,
    der Eile und der Phantasie.
    Man möchte immer eine große Lange,
    und dann bekommt man eine kleine Dicke –
        Ssälawih –!

Man möchte eine helle Pfeife kaufen
und kauft die dunkle – andere sind nicht da.
Man möchte jeden Morgen dauerlaufen
und tut es nicht. Beinah … beinah …
    Wir dachten unter kaiserlichem Zwange

an eine Republik ... und nun ists die!
Man möchte immer eine große Lange,
und dann bekommt man eine kleine Dicke –
Ssälawih –!

Gefühle

Kennen Sie das Gefühl: ›déjà vu‹ –?
Sie gehen zum Beispiel morgens früh,
auf der Reise, in einem fremden Ort
von der kleinen Hotelterrasse fort,
wo die andern alle noch Zeitungen lesen.
Sie sind niemals in dem Dorf gewesen.
Da gackert ein Huhn, da steht eine Leiter,
und Sie fragen – denn Sie wissen nicht weiter –
eine Bauersfrau mit riesiger Schute...
Und plötzlich ist Ihnen so zumute
– wie Erinnerung, die leise entschwebt –:

  Das habe ich alles schon mal erlebt.

Kennen Sie das Hotelgefühl –?
Sie sitzen zu Hause. Das Zimmer ist kühl.
Der Tee ist warm. Die Reihen der Bücher
schimmern matt. Das sind Ihre Leinentücher,
Ihre Tassen, Ihre Kronen –
Sie wissen genau, daß Sie hier wohnen.
Da sind Ihre Kinder, Ihre Alte, die gute –
Und plötzlich ist Ihnen so fremd zumute:

  Das gehört ja alles gar nicht mir...
  Ich bin nur vorübergehend hier.

Kennen Sie … das ist schwer zu sagen.
Nicht das Hungergefühl. Nicht den leeren Magen.
Sie haben ja eben erst Frühstück gegessen.
Sie dürfen arbeiten, für die Interessen
des andern, um sich Brot zu kaufen
und wieder ins Büro zu laufen.
Hunger nicht.
Aber ein tiefes Hungern
nach allem, was schön ist: nicht immer so lungern –
auch einmal ausschlafen – reisen können –
sich auch einmal Überflüssiges gönnen.
Nicht immer nur Tag-für-Tag-Arbeiter,
ein bißchen mehr, ein bißchen weiter …
Sein Auskommen haben, jahraus, jahrein …?
Es ist alles eine Nummer zu klein.
Hunger nach Farben, nach der Welt, die so weit –
Kurz: das Gefühl der Popligkeit.

Eine alte, ewig böse Geschichte.
Aber darüber macht man keine Gedichte.

Das Persönliche

Schreib, schreib …
Schreib von der Unsterblichkeit der Seele,
vom Liebesleben der Nordsee-Makrele;
schreib von der neuen Hauszinssteuer,
vom letzten großen Schadenfeuer;
gib dir Mühe, arbeite alles gut aus,
schreib von dem alten Fuggerhaus;
von der Differenz zwischen Mann und Weib …
Schreib … schreib …

Schreib sachlich und schreib dir die Finger krumm:
kein Aas kümmert sich darum.

Aber:
schreibst du einmal zwanzig Zeilen
mit Klatsch – die brauchst du gar nicht zu feilen.
Nenn nur zwei Namen, und es kommen in Haufen
Leser und Leserinnen gelaufen.
»Wie ist das mit Fräulein Meier gewesen?«
Das haben dann alle Leute gelesen.
»Hat Herr Streuselkuchen mit Emma geschlafen?«
Das lesen Portiers, und das lesen Grafen.
»Woher bezieht Stadtrat Mulps seine Gelder?«
Das schreib – und dein Ruhm hallt durch Felder und
Wälder.

Die Sache? Interessiert in Paris und in Bentschen
keinen Menschen.
Dieweil, lieber Freund, zu jeder Frist
die Hauptsache das Persönliche ist.

Hände an der Schreibmaschine

Meine Schrift kann niemand lesen,
nicht mal ich. Nur noch Chinesen
    pinseln wichtig.
Ich will kein solch Pinseler bleiben.
Mit acht Fingern laßt mich schreiben!
    Aber richtig!
  Hebel rauscht und Glöckchen klingt,
  und die Schreibmaschine singt:

Firma Anton Eiermann
sel. Nachfolger
Würzburg an der Würze

Berlin NW 87, den heutigen

Sehr geehrter Herr!

Auf ihr gefl. wenn auch ausverschämtes Schreiben vom 16. d. M. erlauben wir uns, Ihnen mitzuteilen, daß von einer unpünktlichen Zahlung unsrerseits überhaupt keine Rede sein kann.

Sie haben uns bisher erst 9mal (in vier Wochen) gemahnt, und kann das in Anbetracht der allgemeinen Geldknappheit nur als völlig

normal

Übung kommt so mit den Jahren.
Und ich schalte wie beim Fahren
    dritten Gang ein.
Hoppla, Kurve! Achtung, Liebe!
Und ich schalte wie beim Fahren
    jeden Klang ein.
  Hebel rauscht, und Glöckchen zirpt,
  und die Schreibmaschine wirbt:

Dir nur sagen, daß ich Dich so *leidenschaftlich* liebe, daß es schon allen meinen Bekannten auffällt, wie schlecht ich aussehe. Ich habe im letzten Monat 8 (acht) Pfund abgenommen, und das alles auf Dich herauf. Mein kleines Mäuseschwänzchen, wenn Du es irgend einrichten kannst, dann komm doch Sonnabend schon ein bißchen früher, aber zieh Dir nicht die Schlüpfer an, weil ich Dir etwas Wichtiges

Tausend Finger laufen eilig
amtlich, dienstlich, polizeilich
auf den Tasten.
Aufgebote für die Heirat,
das Gesuch beim Polizeirat,
    Steuerlasten.
  Hebel schnattern, Walze steht,
  und die Schreibmaschine fleht:

An den Herrn
  Regierungspräsidenten
    Magdeburg

In Erneuerung meines Gesuchs vom 5.4.23 erlaube ich mir ergebenst auf beregte Angelegenheit zurückzukommen und um eine Namensänderung nochmals dringendst zu bitten. Die Tatsache, daß ich Schlotterhose heiße, hat mir bereits im geschäftlichen sowie auch im privaten Leben außerordentlich geschadet, und bitte ich, mir wenigstens durch einen Gnadenakt das

L

zu erlassen, wovon ich mir eine wesentliche

Besserung

Unser Leben, eingefangen,
ist durch dich hindurchgegangen,
Guillotine!
Unsere Freuden, unsere Sorgen,
Gestern, heute, übermorgen –
o Maschine!
Hebel wirbeln, Wagen knackt,
und die Schreibmaschine tackt:

Sie dämliches Luder nur davor warnen, sich noch einmal im Geschäft so mausig zu machen. Wo doch Ihre Tochter Lottchen in der ganzen Straße bekannt ist als Rumtreibersche und auch Ihre Frau abends immer sehr spät und nicht immer allein nach Hause komt wenn Sie mal auf Geschäftsuhr sind Dass Ihr Sauberer Herr Sohn ein Verfahren wegen der kleinen Wechselsache bei seiner Firma auf dem Hals hat, wird er Ihnen wohl nicht gesagt haben aber ich sage es Ihnen Sie Ochsenpantoffel!

Ein Freund des Hauses!

Alles weißt du, Maschine, immer stehst du startbereit!
In dir ist unser Beruf, unser Leben und unsre ganze Zeit.
Sogar auf Reisen kommst du mit, praktisch und gut verpackt,
bis eines Tages zum letzten Male dein Hebel knackt.

Millionen Konzerte steigen täglich auf aus Stahl und Papier.
Was wären wir ohne dich, du Geschäftsklavier –!

Park Monceau

Hier ist es hübsch. Hier kann ich ruhig träumen.
Hier bin ich Mensch – und nicht nur Zivilist.
Hier darf ich links gehn. Unter grünen Bäumen
sagt keine Tafel, was verboten ist.

Ein dicker Kullerball liegt auf dem Rasen.
Ein Vogel zupft an einem hellen Blatt.
Ein kleiner Junge gräbt sich in der Nasen
und freut sich, wenn er was gefunden hat.

Es prüfen vier Amerikanerinnen,
ob Cook auch recht hat und hier Bäume stehn.
Paris von außen und Paris von innen:
sie sehen nichts und müssen alles sehn.

Die Kinder lärmen auf den bunten Steinen.
Die Sonne scheint und glitzert auf ein Haus.
Ich sitze still und lasse mich bescheinen
und ruh von meinem Vaterlande aus.

Das Lächeln der Mona Lisa

Ich kann den Blick nicht von dir wenden.
Denn über deinem Mann vom Dienst
hängst du mit sanft verschränkten Händen
        und grienst.

Du bist berühmt wie jener Turm von Pisa,
dein Lächeln gilt für Ironie.
Ja… warum lacht die Mona Lisa?
Lacht sie über uns, wegen uns, trotz uns, mit uns, gegen uns –
        oder wie -?

Du lehrst uns still, was zu geschehn hat.
Weil uns dein Bildnis, Lieschen, zeigt:
        Wer viel von dieser Welt gesehn hat –
        der lächelt, legt die Hände auf den Bauch
                und schweigt.

Lehrgedicht

Wenn du mal gar nicht weiter weißt,
dann sag: Mythos.
Wenn dir der Faden der Logik reißt,
dann sag: Logos.
Und hast du nichts in deiner Tasse,
dann erzähl was vom tiefen Geheimnis der Rasse.
So erreichst du, daß keiner, wie er auch giert,
dich je kontrolliert.

Willst du diskret die Leute angeilen,
dann sag: Eros.
Sehr viel Bildung verleiht deinen Zeilen:
Dionysos.
Aber am meisten tun dir bieten
die katholischen Requisiten.
Tu fromm – du brauchst es gar nicht zu sein.
Sie fallen drauf rein.

Machs wie die Literatur-Attachés:
        nimm ein Diarium.
Die Hauptsache eines guten Essays
        ist das Vokabularium.
    Eros und Mythos hats immer gegeben,
    doch noch nie so viele, die von ihnen leben...
        So kommst du spielend – immer schmuse du nur! –
            in die feinere deutsche Literatur.

Kümmernis

Frühmorgens beim Kaffee – mein faltiger Bauch,
wie baumelst du trübe und leer!
Gewiß, ohne Zucker und Milch geht es auch,
so reicht mir die Kanne nur her.
Kein Fleisch und kein Honig, kein Fett und kein Ei,
wie öd ist das Frühstücksgedeck!
Doch eines, mein Bauch, stört am meisten uns zwei:
Die Sahne…
die Sahne ist weg!

Und nicht nur beim Kaffee – o Allegorie!
komm mit in den Musenhain.
Wie sehr auch der Kunstmarkt lärmte und schrie:
wer reich ist, der braucht nicht zu schrein.
Die Expressionisten im Kinderkleid
und die Kunst mit dem fünfstelligen Scheck –
und ich denke an Brahm und die alte Zeit –
Die Sahne…
die Sahne ist weg!

So schau in die Zukunft! – Was kommt denn danach,
wenn die Große Zeit einst vorbei?
Was kommt nach den Tränen, dem Blut und der Schmach
und all dem Nationengeschrei?
Was kommt für die Kinder? Die Generation
der Hoffnung?
Ich sehe da black –
Mein Jugendlicher, o Ludolf, mein Sohn:
Die Sahne…
die Sahne ist weg!

Diskretion

Daß Josefine eine schiefe Nase hat;
daß Karlchen eine schwache Blase hat;
daß Doktor O., was sicher stimmt,
aus einem dunkeln Fonds sich Gelder nimmt;
da Zempels Briefchen nur zum Spaß ein Spaß ist,
und daß er selbst ein falsches Aas ist
    in allen sieben Lebenslagen –:
    das kann man einem Menschen doch nicht sagen!
        Na, ich weiß nicht –

Daß Willy mit der Schwester Rudolfs muddelt;
daß Walter mehr als nötig sich beschmuddelt;
daß Eugen eine überschätzte Charge;
daß das Theater ... dieser Reim wird large ...
daß Kloschs Talent, mit allem, was er macht,
nicht weiter reicht als bis Berlin W 8;
    daß die Frau Doktor eine Blähung hat im Magen –:
    das kann man einem Menschen doch nicht sagen!
        Na, ich weiß nicht –

Man muß nicht. Doch man kann.
                                        Die Basis unsres Lebens
ist: Schweigen und Verschweigen – manchmal ganz
                                                        vergebens.
Denn manchmal läuft die Wahrheit ihre Bahn –

dann werden alle wild. Dann geht es: Zahn um Zahn!
Und sind sie zu dir selber offen,
dann nimmst du übel und stehst tief betroffen.

Die Wahrheit ist ein Ding: hart und beschwerlich,
sowie in höchstem Maße feuergefährlich.
Brenn mit ihr nieder, was da morsch ist –
und wenns dein eigner Bruder Schorsch ist!
Beliebt wird man so nicht! Nach einem Menschenalter
läßt man vom Doktor O. und Klosch und Walter
und läßt gewähren, wie das Leben will ...
Und brennt sich selber aus. Und wird ganz still.

Na, ich weiß nicht –

Frage

Es laufen vor Premieren
Gerüchte durch die Stadt:
Nun kommt, was man in Sphären
noch nicht gesehen hat.
    Doch hat der Rummel sich gelegt
    – so aufgeregt, so aufgeregt –
    dann frag ich still, so leis ich kann:
        »Und dazu ziehn Sie 'n Smoking an –?«

Es steigen große Bälle,
und die Plakate schrein.
Man muß auf alle Fälle
da reingetreten sein.
    Der Sekt ist warm, die Garderobe kalt.
    »Ich glaube, Lo, nun gehn wir bald…«
    Zu Hause sehn sich alle an:
        »Und dazu ziehn wir 'n Smoking an –?«

Es prangt in den Journalen
das Bildnis einer Frau.
Schön ist sie angemalen,
hellrosa, beige und blau.
    Dir glückts … ihr Widerstand erschlafft …
    Na, fabelhaft! Na, fabelhaft?
    Grau ist der Morgen … welk der Strauß …
        Und dazu zieh ich ’n Smoking aus –?

Willst du nach oben schweben,
fällst du auf den Popo.
Und überhaupt das Leben,
es ist gemeinhin so:
    Erst viel Geschrei und mächtiger Zimt.
    Sieh nur, wie alles Karten nimmt!
    Aber mehrstenteils, o Smokingmann:
        Zieh ihn gar nicht erst an! Zieh ihn gar nicht erst an –!

Psychoanalyse

Drei Irre gingen in den Garten
und wollten auf die Antwort warten.

Der erste Irre sprach:
»O Freud!
Hat dich noch niemals nicht gereut,
Daß du Schüler hast? Und was für welche –?
Sie gehen an keinem vorüber, die Kelche.
Ich kenne ja wirklich allerhand
als Mitglied vom Deutschen Reichsirrenverband –
aber die alten Doktoren sind mir beinah lieber
als das Getue dieser
Ja.«

Der zweite Irre sprach:
»Schmecks.
Ich habe hinten einen Komplex.
Den hab ich nicht richtig abreagiert,
jetzt ist mir die Unterhose fixiert.
Und ich verspüre mit großer Beklemmung
rechts eine Hemmung und links eine Hemmung.
Vorn hängt meine ältere Schwester und
in der Mitte bin ich ziemlich gesund.
Ja.«

Der dritte Irre sprach:
»Wenn
heut einer mal muß, dann sagt ers nicht, denn
er umwickelt sich mit düstern Neurosen,
mit Analfunktionen und Stumpfdiagnosen –«
(»Ha! – Stumpf!« riefen die beiden andern Irren,
konnten den dritten aber nicht verwirren.
Der fuhr fort:)
»Vorlust, Nachlust und nächtliches Zaudern –
es macht so viel Spaß, darüber zu plaudern!
Die Fachdebatte – welch ein Genuß! –
ist beinah so schön wie ein
Ja.«

Die drei Irren sangen nun im Verein:
»Wir wollen keine Freudisten sein!
Die jungen Leute, die davon kohlen,
denen sollte man kräftig das Fell versohlen.
Erreichen sie jemals das Genie?
O na nie –!

Jeder Jüngling von etwas guten Manieren
geht heute mal Muttern deflorieren.
Jede Frau, die in die Epoche paßt,
hat schon mal ihren Vater gehaßt.
Und die ganze Geschichte stammt aus Wien,
und darum ist sie besonders schien –!

Wir drei Irre sehen, wie Liebespaare
sich gegenseitig die schönsten Haare
spalten – und rufen jetzt rund und nett:
Rein ins Bett oder raus aus dem Bett!

Keine Tischkante ohne Symbol und kein Loch…
Wie lange noch –? Wie lange noch –?«
Drei Irre standen in dem Garten
und täten auf die Antwort warten.

An das Baby

Alle stehn um dich herum:
Fotograf und Mutti
und ein Kasten, schwarz und stumm,
Felix, Tante Putti …
  Sie wackeln mit dem Schlüsselbund,
  fröhlich quietscht ein Gummihund.
  »Baby, lach mal!« ruft Mama.
  »Guck«, ruft Tante, »eiala!«
Aber du, mein kleiner Mann,
siehst dir die Gesellschaft an …
Na, und dann – was meinste?
                              Weinste.

Später stehn um dich herum
Vaterland und Fahnen;
Kirche, Ministerium,
Welsche und Germanen.
  Jeder stiert nur unverwandt
  auf das eigne kleine Land.
  Jeder kräht auf seinem Mist,
  weiß genau, was Wahrheit ist.
Aber du, mein guter Mann,
siehst dir die Gesellschaft an …
Na, und dann – was machste?
                              Lachste.

Auf ein Kind

Du lebst noch nicht.
Ich seh dich so lebendig:
ein kleiner gelber Schopf, die Augen blau;
ich seh dich an und such beständig
die Züge einer lieben Frau.

Du kreischst und jauchzt schon laut in deinen Kissen;
du bist so frisch und klar und erdenhaft.
Du brauchst es nicht wie ich zu wissen,
was Zwiespalt ist, der Leiden schafft.

Der ist dahin. Schrei du aus voller Lunge
und schüttle deine runde, kleine Faust!
Sei froh! Sieh auf die Mutter, Junge –
sie ist so hell, auch wenn ein Sturmwind braust.

Hör ihre Stimme nur: gleich wehts gelinder.
Setz du sie fort. Was bin denn ich allein?
Wir Menschen sind doch stets die alten Kinder:
ich war es nicht – mein Sohn, der soll es sein.

Du sollst es sein!
Und kommst du einst zum Leben:
Du sollst es sein! Ich hab es nicht gekonnt.
Gib du, was deiner Mutter Arme geben:
Leucht uns voran!
                    Du bist so blond.

Mutterns Hände

Hast uns Stulln jeschnitten
un Kaffe jekocht
    un de Töppe rübajeschohm –
un jewischt und jenäht
un jemacht und jedreht...
    alles mit deine Hände.

Hast de Milch zujedeckt,
uns Bobongs zujesteckt
    un Zeitungen ausjetragen –
hast die Hemden jezählt
und Kartoffeln jeschält...
    alles mit deine Hände.

Hast uns manches Mal
bei jroßen Schkandal
    auch 'n Katzenkopp jejeben.
Hast uns hochjebracht.
Wir wahn Sticker acht,
sechse sind noch am Leben...
    Alles mit deine Hände.

Heiß warn se un kalt.
Nu sind se alt.
    Nu bist du bald am Ende.
Da stehn wa nu hier,
und denn komm wir bei dir
    und streicheln deine Hände.

Einkehr

Mit vierzig Jahren soll man sich besinnen...
Worauf?
Auf das, was außen und was innen –
und auf den Lauf
der Sterne, die im kalten Kosmos schweben,
sowie auch darauf:
Wovon mag eigentlich der Bornemann leben –?

Die Wiese summt und liegt grün eingesponnen –
ich mittendrin;
durch die geschlossenen Lider sagen tausend Sonnen,
daß ich lebendig bin.
Schreite die Straße der Einsamkeit empor,
Stimmen hörst du wie nie zuvor...
aus dem Äther kommen dir Einsicht und Stärke
Laßler platzt vor Neid. Ich werde ihn ärgern, indem
ich es nicht bemerke.

Wolken ziehn über die Sonne. Es rührt sich kein Blatt.
Stumm
liegt der See; der Weise, der einmal begriffen hat,
fragt nicht: Warum?
Er betrachtet nur noch das Wie; er sieht die Kristalle
zergehn,

wenn es geschneit hat –
    Warum schneidet man sich eigentlich immer die
    Nägel, wenn man keine Zeit hat –?

So schwingst du dich in die obern Regionen –
mußt aber dennoch hier unten wohnen.
Ein Vers von Morgenstern tanzt querfeldein:
    »Es zieht einen immer wieder hinein.«

Goethe-Jahr 1932

Nächstes Jahr, da werden wir was erleben!
So im März, April und Mai:
Goethe hundert Jahre tot! Das wird was geben!
    Wär es schon vorbei –!

Richtig, Joethe!
                Hundert Philologen wälzen
Briefe, Werke, Bilder im Archiv.
Und schon seh ich Wolfgang Goetzen stelzen
durch die Fölljetöner lang und tief.

Richtig, Joethe!
                Spitzen der Behörden
weihen ölig quasselnd etwas ein.
Und die Spitzen der Behörden wörden
alle voll von Faust-Zitaten sein –
    richtig, Joethe!

Und es wimmelt von Bezüglichkeiten:
»Goethe und …« so tönt es immerzu.
Auf den bunten Marken muß er schreiten,
und dann sagen alle zu ihm Du!

Böte, Kröte, Nöte, Röte, Flöte …
wochenlang reimt alles sich auf Goethe.

Dann verstummen Prosa und Sonett.
Von den deutschen Angestellten-Massen
hat man keinen weniger entlassen.
Klassiker sind nur fürs Bücherbrett.

Nächstes Jahr, da kannst du was erleben!
So im März, April und Mai…
Liebe Freunde, das wird etwas geben!
    Wär es schon vorbei –!

Wo ist der Schnee…

Wo ist der Schnee vom vergangenen Jahr,
Anna-Susanna?
Weißt du noch, was damals Mode war,
Anna-Susanna?
Die Literatur trug man vorne gerafft,
Jede Woche gabs ein Genie.
Und alles murmelte: »Faaabelhaft!
Rein menschlich… irgendwie…!«

Wo sind die Blumen vom letzten Lenz,
Anna-Susanna?
Die Betonung des kosmischen Bühnen-Akzents,
Anna-Susanna?
Das gebildete Publikum lief zuhauf
mit der Kritiker-Artillerie.
Und die Stücke führt kein Mensch mehr auf,
rein menschlich irgendwie.

Wo ist der Schnee vom vergangenen Jahr,
Anna-Susanna?
Brecht wird sein, was Sudermann war,
Anna-Susanna.
Sie brüllen sich hoch, die Reklame schreit,
das ist eine Industrie.
Pro Mann einen Monat Unsterblichkeit
– Anna-Susanna –
rein menschlich irgendwie.

Eine Frage

Da stehn die Werkmeister – Mann für Mann.
Der Direktor spricht und sieht sie an:
»Was heißt hier Gewerkschaft! Was heißt hier
Beschwerden!
Es muß viel mehr gearbeitet werden!
Produktionssteigerung! Daß die Räder sich drehn!«
Eine einzige kleine Frage:
Für wen?

Ihr sagt: die Maschinen müssen laufen.
Wer soll sich eure Waren denn kaufen?
Eure Angestellten? Denen habt ihr bis jetzt
das Gehalt, wo ihr konntet, heruntergesetzt.
Und die Waren sind im Süden und Norden
deshalb auch nicht billiger geworden.
Und immer noch sollen die Räder sich drehn...
Für wen?

Für wen die Plakate und die Reklamen?
Für wen die Autos und Bilderrahmen?
Für wen die Krawatten? die gläsernen Schalen?
Eure Arbeiter können das nicht bezahlen.
Etwa die der andern? Für solche Fälle
habt ihr doch eure Trusts und Kartelle!

Ihr sagt: die Wirtschaft müsse bestehn.
Eine schöne Wirtschaft!
Für wen? Für wen?

Das laufende Band, das sich weiterschiebt,
liefert Waren für Kunden, die es nicht gibt.
Ihr habt durch Entlassung und Lohnabzug sacht
eure eigne Kundschaft kaputt gemacht.
Denn Deutschland besteht – Millionäre sind selten –
aus Arbeitern und aus Angestellten!
Und eure Bilanz zeigt mit einem Male
einen Saldo mortale.

Während Millionen stempeln gehn.
Die wissen, für wen.

Trunkenes Lied

Der Igel sprach zum Oberkellner:
»Bedienen Sie mich ein bißchen schnellner!
Suppe – Gemüse – Roastbeef – und Wein!
Ich muß in den Deutschen Reichs-Igel-Verein!«

Da sprach der Oberkellner zum Igel:
»Ich hab so ein komisches Gefiegel –
ich bediene sonst gern, prompt und coulant,
aber ich muß in den Oberkellner-Verband!«

Der Igel saß stumm, ohne zu acheln,
und sträubte träumerisch seine Stacheln –
Messer und Gabel rollten über die Decke.
Sie rollten zum Reichsverband Deutscher Bestecke.

Des wunderte der Igel sich.
Er ging in ›Für Herren‹ züchtiglich;
doch der Alte, der dort reine macht,
war auf der Deutschen Klosettmänner-Nacht.

Ein Rauschen ging durch des Igels Stoppeln –
er tät bedrippt nach Hause hoppeln
    und sprach unterwegs
    (und aß einen Keks):
»Ich wohne gern. Aber seit ich in Deutschland wohne,

ist mein igeliges Leben gar nicht ohne.
Sie sind stolz, weil sie sich in Gruppen mühn –
doch sie sind nur gestörte Individühn.
Menschen? Mitglieder sind diese Leute.
Unsern täglichen Verband gib uns heute!
Amen«
(sagte der Igel).

Der Rhein und Deutschlands Stämme

Es fließt ein Strom durch das deutsche Land,
drin spiegeln sich Schlösser und Zinnen;
er ist in den deutschen Gauen bekannt,
kein Refrain kann demselben entrinnen.
    Und alle Romantik hat hier ihr Revier,
    und je lauter das Rheinlied, je kälter das Bier
    der kleinen und großen Verdiener.
    Zum Beispiel so der Berliner:
        »Ein rheinischet Meechen – beim rheinischen Wein –
            Ja, Donnerwetter nich noch mal!
        Na, det muß ja der Hümmel auf Erdn sein –!
            Wat, Lucie –?«

Wer Lieder für Operetten schreibt
aus Prag, aus Wien und aus Bentschen –:
den Rhein möcht ich sehn, der da ungereimt bleibt –
es sind halt geschickte Menschen!
    Und was sie dichten, ganz Deutschland grölts,
    von Aachen bis Dirschau, von Kiel bis nach Ölz;
    wo nur Treue und Weinbrand wachsen.
    Zum Beispiel so unsere Sachsen:
        »Ein rheinisches Mädchen – beim rheinischen Wein –

Nu heere mal, Agahde, was hasdn dn
Krachenschonr nich midgenomm? 's is doch
so giehle uffm Wasser?
Diß muß ja der Himmel auf Erden sein!
Eicha...!«

Im Rhein, da quillt unsere Mannesbrust,
da liegen dicke Tantiemen;
und befällt den Deutschen die Sangeslust:
hier kann er das Ding unternehmen.
Es reimt sich der Rhein
auf Schein und auf Sein
und auf mein und auf dein,
auf Jüngferlein, Stelldichein, Gänseklein...
Und ist auch zerklüftet das Deutsche Reich:
im Moorbad der Lyrik verstehn sie sich gleich.
Viel schneller als bei Richard Dehmel.
Zum Beispiel so jener aus Memel:
»Äin rhäinisches Mädchen – bäim rhäinischen Wäin –
Äi, das muß ja der Himmel – auf Erden säin –
Wäißt, wenn dir der Wäin nich schmeckt,
jieß noch 'n kläin Schnaps-che räin! –
Äi, das muß ja der Himmel auf Erden säin –!
Oder mäinst näin –?«

So ist der Rheinstrom ohne Fehle,
das Familienbad der deutschen Seele.

Nächtliche Unterhaltung

Der Landgerichtsdirektor schnarchte im Bett.
Seine Garderobe lag – ziemlich komplett –
auf dem Stuhl. Die Nacht war so monoton…
Da machten die Kleider Konversation.

»Ich«, sagte die Jacke, »werde ausgezogen.
Ich hänge – ungelogen –
im Beratungszimmer
und habe keinen Schimmer,
was mein Alter da treibt.«

»Wir sprechen Recht!« sagte die Weste.
»Aber feste –!
Wir schnauzen die Angeklagten an –
wir benehmen uns wie ein Edelmann.
Wir verbieten allen sofort den Mund
und reden uns selber die Lippen wund.
Wir verhängen über Wehrlose Ordnungsstrafen
(nur, wenn wir Beisitzer sind, können wir schlafen).
Zum Schluß verknacken wir. Ohne Scherz.
Unter mir schlägt übrigens kein Herz.«

»Wir«, sagten die Hosen, »wir habens schwer.
Neulich kam der Landgerichtspräsident daher
und hat revidiert. Er saß an der Barriere,

und es ging um unsre ganze Karriere.
Vor uns ein Kommunist. Da haben wir wie wild
geschmettert, geschnattert, gestampft und gebrüllt.
Aber wie es manchmal so geht hienieden:
der Präsident wars noch nicht zufrieden.
Und da blieb uns die ganze Rechtswissenschaft weg,
und da bekamen wir einen mächtigen Schreck.
Und zum Schluß besahen wir uns den Schaden:
Wir Hosen hatten es auszubaden!«

So sprachen die Kleider in dunkler Nacht
und haben sich Konfidenzen gemacht.

An der Wand aber hing ein stiller Hut,
dem waren die Kleider gar nicht gut.
»Erzähl was, Hut! Erzähl uns was!«
Der Hut aber sprach verlegen: »Das –
das wird nicht gehn.
Ich armer Tropf
ich sitze nämlich bei dem auf dem Kopf.
Und so hab ich, ihr müßt mich nicht weiter quälen,
nicht das geringste zu erzählen –!«

Deutsche Pleite

»Die Geschäfte gehn nicht. Kein Mensch hat Geld.
Es ist ein Elend auf der Welt!
Keine Kredite und keine Kunden!
Wie soll Deutschland dabei gesunden?
Geschäfte machen hat gar keinen Sinn.
Herzliche Grüße! Wir sitzen hier in
Lugano.«

»Heut habe ich wieder welche entlassen.
Wissen Sie, eins kann ich gar nicht fassen,
ununterbrochen frage ich mich:
Wovon leben die Leute eigentlich?
Kredite... Aufwertung... Großindustrie...
Agrarpolitik... Wo wohnen Sie?
Ich im Palace.«

Alle klagen und alle stöhnen;
keiner kann sich an Friede gewöhnen.
Alle stöhnen und alle klagen
und jammern nach alten Dollartagen.
Manche hört man aber nicht jammern.
Zu sechsen und zehnen in engen Kammern.

Ausgesperrt. Arbeitslos. Ohne Zeitung,
ohne Leitartikel zur Klagenverbreitung.
Die Tuberkulose sei ihnen gnädig…
    Die andern jammern in Rom und Venedig.
    »Kein Geld!« in den Bergen. »Kein Kredit!« am Strand.
        Armes Land.
                Armes Land.

Europa

Am Rhein, da wächst ein süffiger Wein –
der darf aber nicht nach England hinein –
    Buy British!
In Wien gibt es herrliche Torten und Kuchen,
die haben in Schweden nichts zu suchen –
    Köp svenska varor!
In Italien verfaulen die Apfelsinen –
laßt die deutsche Landwirtschaft verdienen!
    Deutsche, kauft deutsche Zitronen!
Und auf jedem Quadratkilometer Raum
träumt einer seinen völkischen Traum.
Und leise flüstert der Wind durch die Bäume ...
    Räume sind Schäume.

Da liegt Europa. Wie sieht es aus?
Wie ein bunt angestrichnes Irrenhaus.
Die Nationen schuften auf Rekord:
    Export! Export!
Die andern! Die andern sollen kaufen!
Die andern sollen die Weine saufen!
Die andern sollen die Schiffe heuern!
Die andern sollen die Kohlen verfeuern!
Wir?
    Zollhaus, Grenzpfahl und Einfuhrschein:
wir lassen nicht das geringste herein.

Wir nicht. Wir haben ein Ideal:
Wir hungern. Aber streng national.

Fahnen und Hymnen an allen Ecken.
Europa? Europa soll doch verrecken!
Und wenn alles der Pleite entgegentreibt:
daß nur die Nation erhalten bleibt!
Menschen braucht es nicht mehr zu geben.
England! Polen! Italien muß leben!
Der Staat frißt uns auf. Ein Gespenst. Ein Begriff.
Der Staat, das ist ein Ding mitm Pfiff.
Das Ding ragt auf bis zu den Sternen –
von dem kann noch die Kirche was lernen.
Jeder soll kaufen. Niemand kann kaufen.
Es rauchen die völkischen Scheiterhaufen.
Es lodern die völkischen Opferfeuer:
Der Sinn des Lebens ist die Steuer!
Der Himmel sei unser Konkursverwalter!
Die Neuzeit tanzt als Mittelalter.

Die Nation ist das achte Sakrament –!
Gott segne diesen Kontinent.

Klagelied eines Einsamen

Nun schütteln wieder Mixer an den Tischen
den blank polierten Nickeltopf mit Eis.
Die Glastür geht. Die Droschkenautos zischen.
Man zahlt für alles den Valutapreis.
    Musik steigt auf. Auf plüschbelegten Treppen
    läßt sich der Zigarettenmann aus Frankfurt neppen.
    Um ein Uhr kommt die grüne Polizei...
    Und ich bin nicht dabei –!

Auf der Estrade steht im Reichstagssaale
ein Vollbartgreis im Gehrock – und er schwitzt.
Ein freier Mann – jedoch das Nationale
hält er steil in die Höh – der Speichel spritzt.
    Die Hörerschaft spürt zwischen Schlaf und Wachen:
    man muß – zur Volkswohlfahrt – Geschäfte machen.
    Und man verteilt die Posten, die noch frei...
    Und ich bin nicht dabei –!

Liane strahlt. Sie ist nur schwach bekleidet:
die Armbanduhr schmückt glitzernd ihr Gelenk.
Worum sie manche Frau so sehr beneidet,
beut sie den lieben Gästen als Geschenk.
    Weiß hebt die Haut sich ab von grünem Rupfen.
    Man sieht zwei Herrn ein Kokainchen schnupfen.
    Sie tanzt. Ganz leise haucht ein kleiner Schrei…
    Und ich bin nicht dabei –!

Im Kino huscht die Diva auf der Leinwand.
Ein Riesenauge, glotzt das Publikum.
Die Kohlennot ist für dies Fach kein Einwand.
Laut ist die Stadt und leider haltlos dumm…
    Da draußen schwankt ein Weidenbusch im Winde.
    Ein alter Herr träumt unter einer Linde,
    wer heut zum Skat noch einzuladen sei…
    Und ich bin nicht dabei –!
                                        noch nicht dabei!

Pfeifen anrauchen

Das tut sich wohl des öftern begeben:

Mal beginnt jeder sein ganzes Leben
von neuem. Wirft hin, was er nur kann,
und fängt alles wieder von vorne an,
mit gänzlich neuer Melodie …
Die Franzosen nennens ›refaire sa vie‹.

Refaire sa vie … das ist gar nicht einfach.
Refaire sa vie … ist leider mein Fach.
Dazu sind wir zu gebrauchen …
Refaire sa vie … ist wie Pfeifen anrauchen.

Du glaubst erst gar nicht, daß es sich lohnt.
Der Tabak schmeckt schwer und ungewohnt –
es legt sich das Nikotin auf den Magen,
du hast über Seelen- und Bauchweh zu klagen;
das macht:
das Ding ist nicht abgenutzt,
und die Pfeife ist viel zu wenig verschmutzt.

Aber so ein, zwei, drei Jahr –
da schmeckt die Pfeife wunderbar.
Ihr Hals ist dir so vertraut gebogen,
das Holz ist voller Tabak gesogen

bis zur letzten Faser. Und du kratzt nichts ab.
Diese Pfeife nimmst du ins Grab …

Bis zur nächsten. Bis zur nächsten Ecke.
Da krauchst du hervor aus deinem Verstecke,
der Boden bekommt eine neue Schichtung,
das Leben nimmt eine andere Richtung –
Und du bist ein Kerl und ganzer Mann
und steckst eine neue Pfeife an.

Wenn du einmal am Ende stehst,
wenn du die letzte Wende gehst,
wenn du dann klug bist, blickst du zurück,
auf das ganze geschlängelte Stück.
So viel Pfeifen! Viel Änderungen!
So oft hast du eine neue geschwungen!
Und hat die Neue genützt?
Seife.

Es war immer dieselbe Pfeife.

Der Neurotiker

Er sitzt wie hinter Glas, das arme Luder,
und trippelt ängstlich an des Lebens Rand.
Er flieht und sucht und flieht den Menschenbruder
und hat den Nebenmenschen nie gekannt.
Er strahlte, wenn er grollte,
nur Flucht ist sein Verzicht ...
Er könnte, müßte, sollte –
und kann doch nicht.

Er dünkt sich klein. Wie eitel ist der Knabe!
Er dünkt sich klein. Doch keiner ist ihm groß.
Sein starres Ich ist seine ganze Habe;
er will kein Schicksal – nur das große Los.
Ja, wenn er wollen wollte ...!
Er hat kein Gleichgewicht.
Er könnte, müßte, sollte –
und kann doch nicht.

Er meint: die böse Welt muß an ihm schuld sein;
er projiziert auf sie sein dünnes Weh.
Er möchte ganz allein und im Tumult sein:
vorn Leipziger Straße – hinten Comer See.
Er spürt, wie in ihm sausend
die kranken Nerven schrein.
So gibt es hunderttausend –
und jeder ist allein.

Und kann man – kann man solche Knaben heilen?
Man: nein. Sie: ja. Gesund wird nur, wer will.
man kann ihn lösen, lockern, spalten, heilen –
und dann zu sich verhelfen, fest und still.
Er ist, vor Faulheit fleißig,
der echte Exponent
von 1930,
das solche Nummern kennt.
Wie mancher davon verzückt ist…!
Lerne bei Vater Jung:
Es fragt sich, wer verrückt ist.
Und dann gute Besserung –!

Der Lenz ist da!

Das Lenzsymptom zeigt sich zuerst beim Hunde,
dann im Kalender und dann in der Luft,
und endlich hüllt auch Fräulein Adelgunde
sich in die frischgewaschene Frühlingskluft.

Ach ja, der Mensch! Was will er nur vom Lenze?
Ist er denn nicht das ganze Jahr in Brunst?
Doch seine Triebe kennen keine Grenze –
dies Uhrwerk hat der liebe Gott verhunzt.

Der Vorgang ist in jedem Jahr derselbe:
man schwelgt, wo man nur züchtig beten sollt,
und man zerdrückt dem Heiligtum das gelbe
geblümte Kleid – ja, hat das Gott gewollt?

Die ganze Fauna treibt es immer wieder:
Da ist ein Spitz und eine Pudelmaid –
die feine Dame senkt die Augenlider,
der Arbeitsmann hingegen scheint voll Neid.

Durch rauh Gebrüll läßt sich das Paar nicht stören,
ein Fußtritt trifft den armen Romeo –
mich deucht, hier sollten zwei sich nicht gehören...
Und das geht alle, alle Jahre so.

Komm, Mutter, reich mir meine Mandoline,
stell mir den Kaffee auf den Küchentritt. –
Schon dröhnt mein Baß: Sabine, bine, bine …
Was will man tun? Man macht es schließlich mit.

Sehnsucht nach der Sehnsucht

Erst wollte ich mich dir in Keuschheit nahn.
Die Kette schmolz.
Ich bin doch schließlich, schließlich auch ein Mann,
und nicht von Holz.

Der Mai ist da. Der Vogel Pirol pfeift.
Es geht was um.
Und wer sich dies und wer sich das verkneift,
der ist schön dumm.

Denn mit der Seelenfreundschaft – liebste Frau,
hier dies Gedicht
zeigt mir und Ihnen treffend und genau:
es geht ja nicht.

Es geht nicht, wenn die linde Luft weht und
die Amsel singt –
wir brauchen alle einen roten Mund,
der uns beschwingt.

Wir brauchen alle etwas, das das Blut
rasch vorwärtstreibt –
es dichtet sich doch noch einmal so gut,
wenn man beweibt.

Doch heller noch tönt meiner Leier Klang,
wenn du versagst,
was ich entbehrte öde Jahre lang –
wenn du nicht magst.

So süß ist keine Liebesmelodie,
so frisch kein Bad,
so freundlich keine kleine Brust wie die,
die man nicht hat.

Die Wirklichkeit hat es noch nie gekonnt,
weil sie nichts hält,
Und strahlend überschleiert mir dein Blond
die ganze Welt.

Mißachtung der Liebe

Ach, Tante Julla, du in Neu-Ruppin
liest schaudernd von Berliner Scheußlichkeiten,
und wie die Damen ihre Glieder spreiten,
und denkst: Dies Sündenbabylon Berlin!
Und deine Äuglein öffnen sich in Lüsten,
weil deine Kaffeeschwestern gerne wüßten
von einem Paar, gelagert Bein an Bein...
Wie mag das sein?

Ach, Tante Julla – komm mal an die Spree.
Und sieh dir dieses Wogen aus der Nähe,
ganz aus der Nähe an, wie ich es sehe.
Und denk dir nur ein Chambre séparée.
Sie quietscht. Der Kellner schummelt. Dünne Geigen
verleiten sie, sich ziemlich ganz zu zeigen.
Ein Mieder noch und noch ein Brüstchenlein...
Was kann da sein –?

Ach, Tante Julla – wir sind nicht blasiert.
Und doch: wie eng ist dieser Markt der Liebe!
Der liebt die Knaben, jener schätzt die Hiebe,
und der ist nur von Zöpfen enchantiert.
Die Themis bullert mit Moralgesetzen.
Man muß Erotik nicht so überschätzen.
Bleib nur in deinen bürgerlichen Träumen,

du hast hier nämlich gar nichts zu versäumen.
Bleib, Tante Julla, in dem Stübchen klein –
Was kann da sein –?
Was kann da wirklich sein –?

Löwenliebe

Als jener junge Schopenhauer
am Löwenkäfig in Berlin
der gelben Bestien Wollustschauer
sah stumm an sich vorüberziehn –

da schrieb er auf in seinem Büchlein:
»Der Löwe liebt nicht vehement.
Von Leidenschaft auch nicht ein Rüchlein;
der schwächste Mann scheint mehr potent.«

Der Wille macht noch kein Gewitter.
Gehirn! Gehirn gehört dazu.
Der muskelstarke Eisenritter
gibt bald im Frauenschoße Ruh.

Du liebst. Und heller noch und wacher
fühlt dein Gehirn und denkt dein Herz.
Der Phallus ist ein Lustentfacher –
du stehst und schwingst dich höhenwärts.

Du liebst. Wo andre dumpf versinken,
bist du erst tausendfältig da.
Laß mich aus tausend Quellen trinken,
du Venus Reflectoria –!

Berauscht – ach, daß ichs stets so bliebe!
Getönt, bewußt, erhöht, gestuft –
Das ist die wahre Löwenliebe.
Du Raubtierfrau!
    Es ruft. Es ruft.

Sonntagsmorgen, im Bett

Was – was ist?
Ach so. Heute ist Sonntag. Da kann ich noch liegen.
Mit den Schultern kuscheln. Mich ans Kopfkissen
schmiegen –
Aus alter Gewohnheit wacht man sonntags immer
so früh auf wie wochentags – das kommt vielleicht von
dem Schimmer
da von den Jalousien – was ist denn das für ein Geratter
und Gebraus?
Na, jedenfalls heute muß ich nicht raus.

Ich kann heute ganz stille liegen und ruhn.
Und muß gar nichts. Und hier kann mir keiner was tun.
So ein Bett ist eigentlich eine schöne Sache –
da müßte noch so eine Sonnenplache
drüber sein, und dann fährt man damit überall hin.
Woher kommt das, daß ich heute so furchtbar müde bin –?
Gestern abend haben wir wesentlich zu viel
Schwedenpunsch getrunken,
Paul war zum Schluß ganz in seinen Sessel versunken;
ich habe auch noch so einen komischen Geschmack im
Mund
und – –

Halb neun! Da muß ich richtig wieder eingeschlafen sein.
Sonntagsmorgen im Bett, das ist fein.
Das heißt: Was nun noch kommt, ist weniger schön...
Heute muß ich zu Onkel Otto und Tante Frieda gehn –
Margot ist auch da, die keusche Lilie...
Warum, lieber Gott, ist man sonntags stets in Familie?
Vor Tisch sind sie beleidigt, und nach Tisch sind sie satt –
wenn ich dran denke, wird mir jetzt schon ganz matt.

Abends ist Theater... morgen muß ich unbedingt mal mit Kempner telefonieren:
Er muß mir die Diele billiger tapezieren –
achtzig ist zu viel – der Junge ist wohl nicht ganz gesund!
und – –

Halb zehn!
»Willi! Aufstehn! Aufstehn!«
Ja doch, ja!
Ich steh ja schon auf, Mama –

Jetzt geht der Sonntag los! Nein: eigentlich ist er jetzt vorbei.
Jetzt kommen die Zeitungen und Briefe und Telefon und Geschrei.
Das ist nun weniger geruhsam und labend...

Aber so ist das im Leben:
Das Schönste vom Sonntag ist der Sonnabend Abend.

Nebenan

Es raschelt so im Nebenzimmer
im zweiten Stock, 310 –
ich sehe einen gelben Schimmer,
ich höre, doch ich kann nichts sehn.
  Lacht eine Frau? spricht da ein Mann?
  ich halte meinen Atem an –
Sind das da zwei? was die wohl sagen?
ich spüre Uhrgetick und Pulse schlagen …
  Ohr an die Wand. Was hör ich dann
    von nebenan –?

Knackt da ein Bett? Rauscht da ein Kissen?
Ist das mein Atem oder der
von jenen … alles will ich wissen!
Gib, Gott, den Lautverstärker her –!
  Ein Stöhnen; hab ichs nicht gewußt …
  Ich zecke an der fremden Lust;
  ich will sie voller Graun beneiden
  um jenes Dritte, über beiden,
    das weder sie noch er empfinden kann …
  »Marie –!«
    Zerplatzt.
    Ein Stubenmädchen war nur nebenan.

War ich als Kind wo eingeladen –:
nur auswärts schmeckt das Essen schön.
Bei andern siehst du die Fassaden,
hörst nur Musik und Lustgestöhn.
    Ich auch! ich auch! es greift die Hand
    nach einem nichtvorhandenen Land:
        Ja, da –! strahlt warmer Lampenschimmer.
        Ja, da ist Heimat und das Glück.
        In jeder Straße läßt du immer
        ein kleines Stückchen Herz zurück.
    Darfst nie der eigenen Schwäche fluchen;
    mußt immer nach einem Dolchstoß suchen.
        Ja, da könnt ich in Ruhe schreiben!
        Ja, hier –! hier möcht ich immer bleiben,
        in dieser Landschaft, wo wir stehn,
        und ich möchte nie mehr nach Hause gehn.

Schön ist nur, was niemals dein.
Es ist heiter, zu reisen, und schrecklich, zu sein.
    Ewiger, ewiger Wandersmann
    und das kleine Zimmer nebenan.

Mikrokosmos

Daß man nicht alle haben kann –!
Wie gerne möcht ich Ernestinen
als Schemel ihrer Lüste dienen!
Und warum macht mir Magdalene,
wenn ich sie frage, eine Szene?
Von jener Lotte ganz zu schweigen –
ich tät mich ihr als Halbgott zeigen.
Doch bin ich schließlich 1 Stück Mann...
Daß man nicht alle haben kann –!

Gewiß: das Spiel ist etwas alt.
Ich weiß, daß zwischen Spree und Elbe
das Dramolet ja stets dasselbe,
doch denk ich alle, alle Male:
entfern ich diesmal nur die Schale –
was wird sich deinen Blicken zeigen?
Was ist, wenn diese Lippen schweigen?
Nur diesmal greifts mich mit Gewalt...
(Gewiß: das Spiel ist etwas alt.)

Daß man nicht alle haben kann –!
Das läßt sich zeitlich auch nicht machen...
Ich weiß, jetzt wirst du wieder lachen!
Ich komm doch stets nach den Exzessen
zu dir und kann dich nicht vergessen.

So gib mir denn nach langem Wandern
die Summe aller jener andern.
Sei du die Welt für einen Mann…
weil er nicht alle haben kann

Abschied von der Junggesellenzeit

Agathe, wackel nicht mehr mit dem Busen!
Die letzten roten Astern trag herbei!
Laß die Verführungskünste bunter Blusen,
das Zwinkern laß, den kleinen Wollustschrei...
Nicht mehr für dich foxtrotten meine Musen –
vorbei – vorbei...
Es schminkt sich ab der Junggesellenmime:
Leb wohl! Ich nehm mir eine Legitime!

Leb, Magdalene, wohl! Du konntest packen,
wenn du mich mochtest, bis ich grün und blau.
Geliebtendämmerung. Der Mond der weißen Backen
verdämmert sacht. Jetzt hab ich eine Frau.
Leb, Lotte, wohl! Dein kleiner fester Nacken
ruht itzt in einem andern Liebesbau...
Lebt alle wohl! Muß ich von Kindern lesen:
Ich schwör sie ab. Ich bin es nicht gewesen.

Nur eine bleibt mir noch in Ehezeiten –
in dieser Hinsicht ist die Gattin blind –,
dein denk ich noch in allen Landespleiten:
Germania! gutes, dickes, dummes Kind!

Wir lieben uns und maulen und wir streiten
und sind uns doch au fond recht wohlgesinnt …
Schlaf nicht bei den Soldaten! Das setzt Hiebe!
Komm, bleib bei uns! Du meine alte Liebe –!

Sie schläft

Morgens, vom letzten Schlaf ein Stück,
nimm mich ein bißchen mit –
auf deinem Traumboot zu gleiten ist Glück –
Die Zeituhr geht ihren harten Schritt...
    pick-pack...

»Sie schläft mit ihm« ist ein gutes Wort.
Im Schlafe fließt das Dunkle zusammen.
Zwei sind keins. Es knistern die kleinen Flammen,
aber dein Atem fächelt sie fort.
Ich bin aus der Welt. Ich will nie wieder in sie zurück –
jetzt, wo du nicht bist, bist du ganz mein.
Morgens, im letzten Schlummer ein Stück,
kann ich dein Gefährte sein.

Die Insel

Ich konnte kaum die Nacht erwarten,
nun war sie da.
Eintrat ich in den Liebesgarten –
und bin dir nah.

Die Skala der Gefühle spielen wir:
ein Duett.
Du exzellierst in allen Stilen –
adrett… kokett…

Scham. Abwehr. Weichen. Überfließen.
Ermattung. Schlaf.
Wie wir uns lose treiben ließen…
Du schlummerst brav.

Der Morgen graut. Da rutscht die Zeitung
leis durch den Spalt,
Die böse Mittlerin, die Leitung –
Das Schlagwort knallt.

Im Dämmern les ich eine Zeile:
»Herr Müller spricht.«
Hart tickt die Uhr in dummer Eile.
Wir bleiben nicht.

Wir treiben fort. In das Gerinsel
blick ich zurück.
Du gabst auf einer kleinen Insel
ein kleines Stundenglück.

Blick in die Zukunft

Du schläfst bei mir. Da plötzlich in der
Nacht, du liebe Dame,
Bist du mit einem Laut mir jäh erwacht –
War das ein Name?

Ich horche. Und du sagst es noch einmal –
im Halbschlaf: »Leo …«
Bleib bei der Sache, Göttin meiner Wahl!
Ich heiße Theo.

Noch bin ich bei dir. Wenn die Stunde
naht, da wir uns trennen:
Vielleicht lernt dich dann ein Regierungs-
rat im Teeraum kennen.

Und gibst du seinen Armen nachts dich preis,
den stolzen Siegern: –
Dann flüstre einmal meinen Namen leis
und denk an Tigern.

Sauflied, ganz allein

Manchmal denke ich an dich,
das bekommt mich aber nich,
denn am nächsten Tag bin ich so müde.
Du mein holdes Glasgespinst!
Ob du dich auf mich besinnst?
Morgens warst du immer etwas prüde.
Darum trink ich auf dein Wohl
dieses Gläschen Alkohol!
Braun und blond – rot und schwarz –
Ihr sollt leben!

Deine Augen sind so blau
ganz genau wie bei der Frau
Erna Margot Glyn-Kaliski.
Rheinwein ist nicht stark genug,
darum nehm ich einen Schluck
von dem guten, gelben Whisky.
Und ich trinke auf dein Wohl
dieses Fläschchen Alikol –
Braun und blond – Black and White …
Ihr sollt leben!

Tinte, Rotwein und Odol
sind drei Flüssigkeiten wohl –
davon kann der Mensch schon leben.

So schön kannst du gar nicht sein,
wie in meinen Träumerein –
so viel kannst du gar nicht geben.
Allerschönste Frauenzier,
ach, wie gut, daß du nicht hier!
Oh, wie gerne man doch küßt,
wenn die Frau wo anders ist...!
Und darum trink ich auf dein Wohl!
Nun ade, mein Land Tirol!
Lebe wohl! Nur in den kleinen Räuschen,
lebe wohl, kann die Frau uns nicht enttäuschen!
Lebe wohl! Lebe wohl!
Lebe wohl, mein Land Tirol –!

Lied fürs Grammophon

Gib mir deine Hand,
    Lucindy!
Du, im fernen Land –
    Lucindy!
Wie die Ätherwellen flitzen
über Drähte, wo die Raben sitzen,
    saust meine Liebe dir zu …
        du –
    tu – tu – tu – mmm –

Wenn du mich liebst, so singt dein Blut,
    Lucindy!
Ach, wenn du nicht da bist, bin ich dir so gut,
    Lucindy!
Dein, dein Lächeln läßt mir keine Ruh …
    Man kann von oben lächeln,
    man kann von unten lächeln,
    man kann daneben lächeln –
        wie lächelst du?
    tu – tu – tu – mmm –

Meine, die will mich verlassen,
    Lucindy!
Deiner, der will dich fassen,
    Lucindy!

Kehr zu ihm zurück!
Vielleicht ist das das Glück…
    Ich guck in den Mond immerzu –
    oh, so blue – mmm –

Wie man auch setzt im Leben,
    Lucindy!
man tippt doch immer daneben,
    Lucindy!
Wir sitzen mit unsern Gefühlen
meistens zwischen zwei Stühlen –
und was bleibt, ist des Herzens Ironie…
    Lucindy!
    Lucindy!
    Lucindy –!

Herz mit einem Sprung

Im Gesicht und auch in Sachsen,
wo die Meise piepst,
laß ich den Bart mir wachsen,
weil du mich nicht mehr liebst.
    Susala und dusala –
weil du mich nicht mehr liebst.

Wir waren beide einsam;
auch ich als Woll-Agent.
Die Herzen waren gemeinsam,
die Kassen waren getrennt.
    Susala und dusala –
Da bin ich konsequent.

Du sagst, du wärst im Training
wohl für ein Fecht-Turnier.
Du aßest gar nicht wening
und hattst nie Geld bei dir…
    Susala und dusala –
Man ist ja Kavalier.

Du aßest frisch und munter
nicht ohne jeden Charme
die Karte rauf und runter,
die Küche kalt und warm.
        Susala und dusala –
dem Kellner schmerzt der Arm.

Ich fand das übertrieben
und sah dich zornig an.
Ein Mann will gratis lieben,
sonst ist er gar kein Mann!

Ich kann dich nicht vergessen.
Noch heut könnt ich dich maln.
Du hast zu viel gegessen…
Wer kann denn das bezahln!
        Susala und dusala
Wer kann denn das bezahln!

Ums Kinn starrn mir die Stoppeln.
Mein Vollbart ist noch jung.
So fahr ich nun nach Oppeln
zu ner Versteigerung…
        Doch mein Herz,
        doch mein Herz,
doch mein Herz
                                hat einen Sprung –!

Aus!

Einmal müssen zwei auseinandergehn;
einmal will einer den andern nicht mehr verstehn – –
einmal gabelt sich jeder Weg – und jeder geht allein –
wer ist daran schuld?

Es gibt keine Schuld. Es gibt nur den Ablauf der Zeit.
Solche Straßen schneiden sich in der Unendlichkeit.
Jedes trägt den andern mit sich herum –
etwas bleibt immer zurück.

Einmal hat es euch zusammengespült,
ihr habt euch erhitzt, seid zusammengeschmolzen, und
dann erkühlt –
Ihr wart euer Kind. Jede Hälfte sinkt nun herab –:
ein neuer Mensch.

Jeder geht seinem kleinen Schicksal zu.
Leben ist Wandlung. Jedes Ich sucht ein Du.
Jeder sucht seine Zukunft. Und geht nun mit stockendem
Fuß,
vorwärtsgerissen vom Willen, ohne Erklärung und ohne
Gruß
in ein fernes Land.

Wahre Liebe

Wenn ich so müd nach Hause komm,
zerredet und zerschrieben:
dann sitzt du da, so lieb und fromm.
Man muß, man muß dich lieben!
    Die Nacht gleich einem Feste ist.
    Ich weiß, daß du die Beste bist.
    Und warum ist das? Nämlich:
        Du bist so himmlisch dämlich.

Du hast es gut.
                    Du ahnst es nicht,
was Stalin jüngst gesprochen;
weißt nichts vom Leipziger Reichsgericht
und nichts von Kunstepochen.
    Du hältst einen Puff für ein Hotel
    und Bronnen für einen lauteren Quell...
    Ich liebe dich. Weil... nämlich...
        Du bist so himmlisch dämlich!

Mein blondes Glück! Von Zeit zu Zeit
tu ich ein bißchen fremd gehn.
Die andern Frauen sind so gescheit
und lassen das noch im Hemd sehn.
    Dann kehr ich reuig zu dir zurück
    und genieße tief atmend das reine Glück…
    Dumm liebt zweimal.
                                    Nämlich:
    Du bist so himmlisch dämlich –!

Nichts anzuziehen –!

Ich steh schon eine halbe Stunde lang
vor diesem gefüllten Kleiderschrank.
Was ziehe ich heute nachmittag an –?

Jedes Kleid erinnert mich …
                                        also jedes erinnert mich an einen Mann.

In diesem Sportkostüm ritt ich den Pony.
In diesem braunen küßte mich Jonny.
Das da hab ich an dem Abend getragen,
da kriegte Erich den Doktor am Kragen,
wegen frech …
                                        Hier goß mir seinerzeit
der Assessor die Soße übers Kleid
und bewies mir hinterher klar und kalt,
nach BGB sei das höhre Gewalt.
Tolpatsch.

In dem … also das will ich vergessen …
da hab ich mit Joe im Auto gesessen –
und so. Und in dem hat mir Fritz einen Antrag gemacht,
und ich habe ihn – leider – ausgelacht.
Dieses hier will ich überhaupt nicht mehr sehn:
in dem mußt ich zu dieser dummen Premiere gehn.
Und das hier …? Hängt das noch immer im Schranke …?

Sekt macht keine Flecke –? Na, ich danke –!
Und den Mantel – ich will das nicht mehr wissen –
haben sie mir beim Sechstagerennen zerrissen!

Ich steh schon eine halbe Stunde lang
vor diesem gefüllten Kleiderschrank:
das nackteste Mädchen in ganz Berlin.

Wie man sieht:
Ich habe nichts anzuziehn –!

Frauen von Freunden

Frauen von Freunden zerstören die Freundschaft.
Schüchtern erst besetzen sie einen Teil des Freundes,
nisten sich in ihm ein,
warten,
beobachten,
und nehmen scheinbar teil am Freundesbund.

Dies Stück des Freundes hat uns nie gehört –
wir merken nichts.
Aber bald ändert sich das:
Sie nehmen einen Hausflügel nach dem andern,
dringen tiefer ein,
haben bald den ganzen Freund.

Der ist verändert; es ist, als schäme er sich seiner Freundschaft.
So, wie er sich früher der Liebe vor uns geschämt hat,
schämt er sich jetzt der Freundschaft vor ihr.
Er gehört uns nicht mehr.
Sie steht nicht zwischen uns – sie hat ihn weggezogen.

Er ist nicht mehr unser Freund:
er ist ihr Mann.

Eine leise Verletzlichkeit bleibt übrig.
Traurig blicken wir ihm nach.

Die im Bett behält immer recht.

Die Pächter

Frauen sind eitel? I bewahre.
Das ist nichts gegen männliche Exemplare.

Einer versteht was von Pferderennen.
Einer kann Falsifikate erkennen
in Briefmarken ... einer ist Tourist.
Einer weiß, was Romantik ist.
Einer ist mal in Japan gewesen.
Einer kann fließend Kontrapunkt lesen.
Einer reist in Amerika.
Einer brilliert in Algebra.
Einer macht in Illustrationen.
Einer weiß, wie die Sowjets wohnen.
Einer bearbeitet alles von Liszt,
und einer ist Original-Pazifist.

Und jeder hat, was er treibt und betrachtet,
ein für alle Mal gepachtet.
Was er da tut, ist tabu und immun –
und das darf nie wieder ein andrer tun.
Amerika, Gleitflug, Berlin und Franzosen –
besetzt! Die Falsifikats-Diagnosen –
besetzt! Die Sowjets, Fotografien –
besetzt! Es geht ja nicht ohne IHN!
Das ist für deinen Lebenslauf

besetzt. Es sitzt nämlich schon einer drauf.
Paris, Japan, das Rhône-Tal:
Erledigt. Ein für alle Mal.

Du hast nur um Entschuldigung zu stammeln.
Und es bleibt dir nichts übrig, als Menschen zu sammeln.

Confessio

Wir Männer aus Berlin und Neukölln,
wir wissen leider nicht, was wir wölln.
Mal...

Mal konzentrieren wir uns auf die eine,
spielen mit ihr: die oder keine,
legen uns fest, ohne Bedenken,
wollen auch einem Söhnlein das Leben schenken,
verlegen den Sitz der Seele, als Gatte,
oberhalb des Tisches Platte –
Und sind überhaupt sehr monogam.

Wie das so kam...

Da lockten die andern. Ihrer sind viele.
Sie lockten zu kindlichem Zimmerspiele
– Bewegung lächerlich, Preis bedeutend –
Immer nur eine Glocke läutend?
Immer an eine Frau gebunden?
So sollen uns alle Lebensstunden
verrinnen? Ohne boshafte Feste?
Liegt nicht draußen das Allerbeste?
Mädchen? Freiheit? Frauen nach Wahl –?

Gesagt, getan.

Mal …

Mal trudeln wir durch bläuliche Stunden,
tun scheinbar an fröhlichem Wechsel gesunden;
können es manchmal gar nicht fassen,
welch feine Damen bei uns arbeiten lassen.
Und jede Seele, die eine hatte,
liegt unterhalb des Tisches Platte.
Und sind überhaupt sehr polygam.

Wie das so kam …

So herumwirtschaften? Lebenslänglich?
Plötzlich werden wir recht bedenklich.
Sehnen uns beinah fiebrig zurück
nach Einsamkeit und Familienglück.
Und fangen als ein ganzer Mann
die Geschichte wieder von vorne an.

Wir Männer aus Berlin und Neukölln,
wir wissen leider nicht, was wir wölln.
Wir piesacken uns und unsre Fraun;
uns sollten sie mal den Hintern aushaun.
Bileams Esel, ich und du.
Gott schenke uns allen die ewige Ruh.
Amen.

Die arme Frau

Mein Mann? mein dicker Mann, der Dichter?
Du lieber Gott, da seid mir still!
Ein Don Juan? Ein braver, schlichter
Bourgeois – wie Gott ihn haben will.

Da steht in seinen schmalen Büchern,
wie viele Frauen er geküßt;
von seidenen Haaren, seidenen Tüchern,
Begehren, Kitzel, Brunst, Gelüst…

Liebwerte Schwestern, laßt die Briefe,
den anonymen Veilchenstrauß!
Es könnt ihn stören, wenn er schliefe.
Denn meist ruht sich der Dicke aus.

Und faul und fett und so gefräßig
ist er und immer indigniert.
Und dabei gluckert er unmäßig
vom Rotwein, den er temperiert.

Ich sah euch wilder und erpichter
von Tag zu Tag – ach! laßt das sein!
Mein Mann? mein dicker Mann, der Dichter?
In Büchern: ja.
Im Leben: nein.

Stationen

Erst gehst du umher und suchst an der Frau
das, was man anfassen kann.
Wollknäul, Spielzeug und Kätzchen – Miau –
du bist noch kein richtiger Mann.
    Du willst eine lustig bewegte Ruh:
    sie soll anders sein, aber sonst wie du …
        Dein Herz sagt:
            Max und Moritz!

Das verwächst du. Dann langts nicht mit dem Verstand.
Die Karriere! Es ist Zeit …!
Eine kluge Frau nimmt dich an die Hand
in tyrannischer Mütterlichkeit.
    Sie paßt auf dich auf. Sie wartet zu Haus.
    Du weinst dich an ihren Brüsten aus …
        Dein Herz sagt:
            Mutter

Das verwächst du. Nun bist du ein reifer Mann.
Dir wird etwas sanft im Gemüt.
Du möchtest, daß im Bett nebenan
eine fremde Jugend glüht.
    Dumm kann sie sein. Du willst: junges Tier,
    ein Reh, eine Wilde, ein Elixier.
        Dein Herz sagt:
            Erde

Und dann bist du alt.
Und ist es soweit,
daß ihr an der Verdauung leidet –:
dann sitzt ihr auf einem Bänkchen zu zweit,
als Philemon und Baucis verkleidet.
Sie sagt nichts. Du sagst nichts, denn ihr wißt,
wie es im menschlichen Leben ist…
Dein Herz, das so viele Frauen besang,
dein Herz sagt: »Na, Alte…?«
Dein Herz sagt: Dank.

Ballade

Da sprach der Landrat unter Stöhnen:
»Könnten Sie sich an meinen Körper gewöhnen?«
Und es sagte ihm Frau Kaludrigkeit:
»Vielleicht. Vielleicht.
Mit der Zeit ... mit der Zeit ...«
Und der Landrat begann allnächtlich im Schlafe
laut zu sprechen und wurde ihr Schklafe.
Und er war ihr hörig und sah alle Zeit
Frau Kaludrigkeit – Frau Kaludrigkeit!

Und obgleich der Landrat zum Zentrum gehörte,
wars eine Schande, wie daß er röhrte;
er schlich der Kaludrigkeit ums Haus ...
Die hieß so – und sah ganz anders aus:
Ihre Mutter hatte es einst in Brasilien
mit einem Herrn der bessern Familien.
Sie war ein Halbblut, ein Viertelblut:
nußbraun, kreolisch; es stand ihr sehr gut.
Und der Landrat balzte: Wann ist es soweit?
Frau Kaludrigkeit – Frau Kaludrigkeit!

Und eines Abends im Monat September
war das Halbblut müde von seinem Gebember
und zog sich aus. Und sagte: »Ich bin ...«
und legte sich herrlich nußbraun hin.

Der Landrat dachte, ihn träfe der Schlag!
Unvorbereitet traf ihn der Tag.
Nie hätt er gehofft, es noch zu erreichen.
Und er ging hin und tat desgleichen.

Pause

Sie lag auf den Armen und atmete kaum.
Ihr Pyjama flammte, ein bunter Traum.
Er glaubte, ihren Herzschlag zu spüren.
Er wagte sie nicht mehr zu berühren...
Er sann, der Landrat. Was war das, soeben?
Sie hatte ihm alles und nichts gegeben.
Und obgleich der Landrat vom Zentrum war,
wurde ihm plötzlich eines klar:
Er war nicht der Mann für dieses Wesen.
Sie war ein Buch. Er konnt es nicht lesen.
Was dann zwischen Liebenden vor sich geht,
ist eine leere Formalität.

Und so lernte der Mann in Minutenfrist,
daß nicht jede Erfüllung Erfüllung ist.
Und belästigte nie mehr seit dieser Zeit
die schöne Frau Inez Kaludrigkeit.

Die Frau spricht

1. Die geschiedene Frau

Ja… da wär nun also wieder einer…
    das ist komisch!
Vor fünf Jahren, da war meiner;
dann war eine ganze Weile keiner…
    Und jetzt geht ein Mann in meiner Wohnung um,
    findet manches, was ich sage, dumm;
    lobt und tadelt, spricht vom Daseinszwecke
    und macht auf das Tischtuch Kaffeeflecke –
        Ist das alles nötig –?

Ja… er sorgt. Und liebt. Und ists ein trüber
Morgen, reich ich meine Hand hinüber…
    Das ist komisch:
Männer… so in allen ihren Posen…
Und frühmorgens, in den Unterhosen…
    Plötzlich wohnt da einer auch in meiner Seele.
    Quält mich; liebt mich; will, daß ich ihn quäle;
    dreht mein Leben anders, lastet, läßt mich fliegen –
    siegt, und weil ich klug bin, laß ich mich besiegen…
        Habe ich das nötig –?

Ich war ausgeglichen. Bleiben wir allein,
... komisch ...
sind wir stolz. So sollt es immer sein!
Flackerts aber, knistern kleine Flammen,
fällt das alles jäh in sich zusammen.
Er braucht uns. Und wir, wir brauchen ihn.
Liebe ist: Erfüllung, Last und Medizin.
Denn ein Mann ist Mann und Gott und Kind,
weil wir so sehr Hälfte sind.
Aber das ist schließlich überall:
der erste Mann ist stets ein Unglücksfall.
Die wahre Erkenntnis liegt unbestritten
etwa zwischen dem zweiten und dem dritten.

Dann weißt du. Vom Wissen wird man nicht satt,
aber notdürftig zufrieden mit dem, was man hat,
Amen.

2. Eine Frau denkt

Mein Mann schläft immer gleich ein ... oder er raucht
seine Zeitung
und liest seine Zigarre
... Ich bin so nervös ... und während ich an die Decke
starre,
denke ich mir mein Teil.
Man gibt ihnen so viel, wenigstens zu Beginn. Sie sind es
nicht wert.
Sie glauben immer, man müsse hochgeehrt

sein, weil man sie liebt.
Ob es das wohl gibt:
ein Mann, der so nett bleibt, so aufmerksam
wie am ersten Tag, wo er einen nahm...?
Einer, der Freund ist und Mann und Liebhaber; der uns
mal neckt,
mal bevatert, der immer neu ist, vor dem man Respekt
hat und der einen liebt... liebt...liebt...
ob es das gibt?

Manchmal denke ich: ja.
Dann sehe ich: nein.
Man fällt immer wieder auf sie herein.
Und ich frage mich bloß, wo diese Kerls ihre Nerven
haben.
Wahrscheinlich... na ja. Die diesbezüglichen Gaben
sind wohl ungleich verteilt. So richtig verstehen sie uns nie.
Weil sie faul sind, murmeln sie was von Hysterie.
Ist aber keine. Und wollen wir Zärtlichkeit,
dann haben die Herren meist keine Zeit.
Sie spielen: Symphonie mit dem Paukenschlag.
Unsere Liebe aber verzittert, das ist nicht ihr Geschmack.
Hop-hop-hop – wie an der Börse. Sie sind eigentlich nie
mehr als erotische Statisterie.
Die Hauptrolle spielen wir. Wir singen allein Duett,
leer in der Seele, bei sonst gut besuchtem Bett.

Mein Mann schläft immer gleich ein, oder er dreht sich
um und raucht seine Zigarre.
Warum? Weil...

Und während ich an die Decke starre,
denke ich mir mein Teil.

3. Die Nachfolgerin

Ich hab meinen ersten Mann gesehn –
der ging mit einer!
Hütchen, Rock und Bluse (Indanthren)
und zwei Kopf kleiner!
Sie muß ihn wohl ins Büro begleiten …
Über den Geschmack ist nicht zu streiten.
Na, herzlichen Glückwunsch!

Sein Gehirn ist bei der Liebeswahl
ganz verkleistert;
wenn er siegt, dann ist er allemal
schwer begeistert.
Ob Languettenhemd, ob teure Seiden –
seinetwegen kann man sich in Säcke kleiden …
Na, herzlichen Glückwunsch!

Frau ist Frau. Wie glücklich ist der Mann,
dem das gleich ist!
Und für sowas zieht man sich nun an!
Als ob man reich ist!
Das heißt: für ihn …?
Wir ziehen unsre Augenbrauen
für und gegen alle andern Frauen.
Immerhin erwart ich, daß ers merken kann;

ich will fühlen, daß ich reizvoll bin.
Dreifach spiegeln will ich mich: im Glas, im Neid, im
Mann.
Und der guckt gar nicht hin.

Liebe kostet manche Überwindung...
Männer sind eine komische Erfindung.

4. Lamento

Der deutsche Mann
Mann
Mann –
das ist der unverstandene Mann.
Er hat ein Geschäft, und er hat eine Pflicht.
Er hat einen Sitz im Oberamtsgericht.
Er hat auch eine Frau – das weiß er aber nicht.
Er sagt: »Mein liebes Kind...« und ist sonst ganz
vergnügt –
Er ist ein Mann. Und das
genügt.

Der deutsche Mann
Mann
Mann –
das ist der unverstandene Mann.
Die Frau versteht ja doch nichts von dem, was ihn
quält.
Die Frau ist dazu da, daß sie die Kragen zählt.

Die Frau ist daran schuld, wenn ihm ein Hemdknopf
fehlt.
Und kommt es einmal vor, daß er die Frau betrügt:
Er ist ein Mann. Und das
genügt.

Der deutsche Mann
Mann
Mann –
das ist der unverstandene Mann.
Er gibt sich nicht viel Mühe, wenn er die Frau umgirrt.
Und kriegt er nicht die eine, kommt die andere
angeschwirrt.
Daher der deutsche Mann denn stets befriedigt wird.
Hauptsache ist, daß sie bequem und sich gehorsam
fügt.
Denn er ist Mann. Und das
genügt.

Der deutsche Mann
Mann
Mann –
das ist der unverstandene Mann.
Er flirtet nicht mit seiner Frau. Er kauft ihr doch den
Hut!
Sie sieht ihn von der Seite an, wenn er so schnarchend
ruht.
Ein kleines bißchen Zärtlichkeit – und alles wäre gut.
Er ist ein Beamter der Liebe. Er läßt sich gehn.
Er hat sie doch geheiratet – was soll jetzt noch geschehn?

Der Mensch, der soll nicht scheiden, was Gott
zusammenfügt.
Er ist ein Mann. Und das
genügt.

Wie mans macht

a) Trost für den Ehemann

Und wenn sie dich so recht gelangweilt hat,
dann wandern die Gedanken in die Stadt...
Du stellst dir vor, wie eine dir,
und wie du ihr, das denkst du dir...
    Aber so schön ist es ja gar nicht!

Mensch, in den Bars, da gähnt die Langeweile.
Die Margot, die bezog von Rudolf Keile.
Was flüstert nachher deine Bajadere?
Sie quatscht von einer Filmkarriere,
und von dem Lunapark und Feuerwerk,
und daß sie Reinhardt kennt und Pallenberg...
    Und eine Frau mit Seele? Merk dies wichtige:
    die klebt ja noch viel fester als die richtige.

Du träumst von Orgien und von Liebesfesten.
Ach, Mensch, und immer diese selben Gesten,
derselbe Zimt, dieselben Schweinerein –
was kann denn da schon auf die Dauer sein!
Und hinterher, dann trittst du an
mit einem positiven Wassermann,
    so schön ist das ja gar nicht.

Sei klug. Verfluch nicht deine Frau, nicht deine Klause.
Bleib wo du bist.
                    Bleib ruhig zu Hause.

b) Trost für den Junggesellen

Du hast es satt. Wer will, der kann.
Du gehst jetzt häufiger zu Höhnemann.
Der hat mit Gott zwei Nichten. Zart wie Rehe.
Da gehst du ran. Du lauerst auf die Ehe.

Bild dir nichts ein. Du schüttelst mit dem Kopf?
Ach, alle Tage Huhn im Topf
und Gans im Bett – man kriegt es satt,
man kennt den kleinen Fleck am linken Schulterblatt...
    So schön ist es ja gar nicht!

Sie zählt die Laken. Sagt, wann man großreinemachen soll.
Du weißt es alles, und du hast die Nase voll.
Erst warst du auf die Heirat wie versessen;
daß deine Frau auch Frau ist, hast du bald vergessen.
Sei klug. Verfluch nicht deine Freiheit, deine Klause.
Bleib wo du bist.
                    Bleib ruhig zu Hause.

c) *Moral*

Lebst du mit ihr gemeinsam – dann fühlst du dich recht einsam.
Bist du aber alleine – dann frieren dir die Beine.
Lebst du zu zweit? Lebst du allein?
Der Mittelweg wird wohl das richtige sein.

Liebespaar am Fenster

Dies ist ein Sonntag vormittag;
wir lehnen so zum Spaße
leicht ermüdet zum Fenster hinaus
und sehen auf die Straße.
    Die Sonne scheint. Das Leben rinnt.
    Ein kleiner Hund, ein dickes Kind...
    Wir haben uns gefunden
    für Tage, Wochen, Monate
        und für Stunden – für Stunden.

Ich, der Mann, denke mir nichts.
Heut kann ich zu Hause bleiben,
heute geh ich nicht ins Büro –
... an die Steuer muß ich noch schreiben...
    Wieviel Uhr? Ich weiß nicht genau.
    Sie ist zu mir wie eine Frau,
    ich fühl mich ihr verbunden
    für Tage, Wochen, Monate
        und für Stunden – für Stunden.

Ich, die Frau, bin gern bei ihm.
Von Heiraten wird nicht gesprochen.
Aber eines Tages will ich ihn mir
ganz und gar unterjochen.
    Die Dicke, daneben auf ihrem Balkon,

gibt ihrem Kinde einen Bonbon
und spielt mit ihren Hunden...
So soll mein Leben auch einmal sein –
und nicht nur für Stunden – für Stunden.

Von Kopf zu Kopf umfließt uns ein Strom;
noch sind wir ein Abenteuer.
Eines Tages trennen wir uns,
eine andere kommt... ein neuer...
Oder wir bleiben für immer zusammen;
dann erlöschen die großen Flammen,
Gewohnheit wird, was Liebe war.
Und nur in seltenen Sekunden
blitzt Erinnerung auf an ein schönes Jahr,
und an Stunden – an glückliche Stunden.

Meeting

Das ist nun so.
Je freier und je nackter,
je mehr enthüllt das Herz sich. Offen liegt
beim Boxen und beim Lieben der Charakter
des Partners, der dich hüllenlos besiegt.

Die Trainer schreien: »Zeit!« Ihr streckt die Hände.
Ihr seid ein Knäul. Ein Wille. Ein Duett.
Die strengen Regeln treibens bis zum Ende
beim Boxen, liebe Frau, und auch im Bett.

Wie schön zu kämpfen und sich zu umfassen.
Da noch ein Druck und da ein Untergriff.
Und dann betäubt sich leise treiben lassen …
Der Richter gibt den ersten Pausenpfiff.

Der nächste Gang. So gib, du, gib dein Letztes.
Ich fühle lebensnahe, glatte Haut …
Aus Tiefen springt dein Herzblut, und dann netzt es
mich weich – wie bist du mir vertraut!

Wo bist du, Welt?
Die Erde soll versinken.
Es hüllt der Kampf uns, tief bewußtlos, ein.
Und meine trocknen Lippen wollen trinken.
Ich hasse dich. Doch du mußt bei mir sein.

Die Gruppe löst sich.
Und die Trainer wettern.
Der Richter winkt. Das Publikum kann gehn.
Und morgen stehts in allen großen Blättern:
»Jolanthe / Tiger –
Ausgang: 10 zu 10.«

Kleines Operettenlied

Mit ihm schlafen ja, aber keine Intimitäten

Sei nicht böse, wenn ich dich, du liebe Inge,
hier leis besinge –
hör mich mal an:
In dem weiten Reich der schwärmerischen Dinge
knüpft eine Schlinge
dir jeder Mann.

Doch die Nacht ist keineswegs des Werkes Krönung.
Sieh, erst nachher da beginnt das wahre Spiel;
denn das Schlimmste an der Liebe ist Gewöhnung …
ein Mal ist kein Mal, aber acht Mal sind sehr viel.
Laß die Liebe aus dem Spiel, wenn du liebst.
Weil du dir dabei zu viel
vergibst.
Höre nicht auf Schmeichelein!
Mußt du stets die Dumme sein?
Wenn du ehrlich bist, dann fällst du rein!
Das Geschäft ist faul: er nimmt, und du gibst …
Laß die Liebe aus dem Spiel, wenn du liebst!
Steht nach Küssen dir der Sinn,
na, dann geh nur ruhig hin –
Doch von Liebe, doch von Liebe steht nichts drin!

Und ich weiß, wie das mal wird, du liebe Inge,
wenn ich einst hinge
an deiner Brust:
Um die Augen hast du dunkelblaue Ringe,
doch ach! ich bringe
dich nicht zur Lust.

Warum kommts, daß wir uns so verlieren müssen?
Wer mehr liebt, der leidet noch und noch.
Und du siehst an mir vorbei, wenn wir uns küssen,
und du hast Furcht. Und liebst ja doch...
Laß die Liebe aus dem Spiel, wenn du liebst.
Weil du dir dabei zu viel
vergibst.
Erst schenkst du dein schönes Bein,
und du sagst: »Mehr solls nicht sein!«
Und das Herz, das folgt dann hinterdrein...
Und ich rate dir vergebens, wenn du gibst:
Laß die Liebe aus dem Spiel, wenn du liebst!
Frau und Mann sind niemals frei.
Stets ist ein Gefühl dabei.
Und die Dummen sind gewöhnlich alle zwei!

Eine kleine Geburt

Ich lebte mit Frau Sobernheimer;
sie war so lieb, sie war so nett.
Wir wuschen uns im selben Eimer,
wir schliefen in demselben Bett.
    So trieben wir es manches Jahr…
    Bis sie den Knaben mir gebar.

Doch dieser Knabe war kein Knabe.
Wir hatten in der dunklen Nacht
als Zeitvertreib und Liebesgabe
uns dieses Wesen ausgedacht.
    Frau S. war jeden Kindes bar.
    Der Knabe, der hieß Waldemar.

Und war so klug! – Nach fünfzehn Tagen,
gelebt im Kinderparadies,
da konnte er schon Scheibe sagen,
bis man ihm solches leicht verwies.
    Er setzte sich aufs Tintenfaß
    und machte meinen Schreibtisch naß.

Er wuchs heran, der Eltern Freude,
ein braves, aufgewecktes Kind.
Wir merkten an ihm alle beude,
wie süß der Liebe Früchte sind.
    Da fragte Mutti ganz real:
    »Was wird der Junge denn nun mal –?«

Hebamme? General? Direktor?
Bootlegger? Hirt? Ein Schiffsbarbier?
Verlorner Mädchenheim-Inspektor?
Biographist? Gerichtsvollziehr?
    Ein Freudenmännchen? Jubilar –?
    Uneinig war das Elternpaar.

Ein Krach stieg auf, bis zu den Sternen!
Frau S., die krisch. Die Türe knallt.
Sie wollt ihn lassen Bildung lernen,
ich aber war für Staatsanwalt.
    Ein Kompromiß nahm sie nicht an:
    im Kino, als Bedürfnismann.

Der Lümmel grölte in der Küche
und fand den Krach ganz wunderbar.
So ging die Liebe in die Brüche –
und alles wegen Waldemar?
    Da sprach ich fest: »Mein trautes Glück!
    Wir geben dieses Jör zurück!«

Gemacht.
Nun ist Frau Sobernheimer
wie ehedem so lieb und nett.
Wir waschen uns im selben Eimer,
wir schlafen in demselben Bett.
Und denken nur noch hier und dar
mal an den seligen Waldemar.

Danach

Es wird nach einem happy end
im Film jewöhnlich abjeblendt.
    Man sieht bloß noch in ihre Lippen
    den Helden seinen Schnurrbart stippen –
    da hat sie nu den Schentelmen.
        Na, un denn –?

Denn jehn die beeden brav ins Bett.
Na ja… diß is ja auch janz nett.
    A manchmal möcht man doch jern wissn:
    Wat tun se, wenn se sich nich kissn?
    Die könn ja doch nich imma penn…!
        Na, un denn –?

Denn säuselt im Kamin der Wind.
Denn kricht det junge Paar 'n Kind.
    Denn kocht sie Milch. Die Milch looft üba.
    Denn macht er Krach. Denn weent sie drüba.
    Denn wolln sich beede jänzlich trenn…
        Na, un denn –?

Denn is det Kind nich uffn Damm.
Denn bleihm die beeden doch zesamm.
    Denn quäln se sich noch manche Jahre.
    Er will noch wat mit blonde Haare:
    vorn doof und hinten minorenn…
        Na, un denn –?

Denn sind se alt.
                    Der Sohn haut ab.
Der Olle macht nu ooch bald schlapp.
    Vajessen Kuß und Schnurrbartzeit –
    Ach, Menschenskind, wie liecht det weit!
    Wie der noch scharf uff Muttern war,
    det is schon beinah nich mehr wahr!
    Der olle Mann denkt so zurück:
    wat hat er nu von seinem Jlück?
    Die Ehe war zum jrößten Teile
    vabrühte Milch un Langeweile.
Und darum wird beim happy end
im Film jewöhnlich abjeblendt.

Ehekrach

»Ja –!«
»Nein –!«
»Wer ist schuld?
                    Du!«
»Himmeldonnerwetter, laß mich in Ruh!«
– »*Du* hast Tante Klara vorgeschlagen!
Du läßt dir von keinem Menschen was sagen!
Du hast immer solche Rosinen!
Du willst bloß, ich soll verdienen, verdienen –
Du hörst nie. Ich red dir gut zu …
Wer ist schuld –?
                    Du.«
»Nein.«
»Ja.«

– »*Wer* hat den Kindern das Rodeln verboten?
Wer schimpft den ganzen Tag nach Noten?
Wessen Hemden muß ich stopfen und plätten?
Wem passen wieder nicht die Betten?
Wen muß man vorne und hinten bedienen?
Wer dreht sich um nach allen Blondinen?
                                                  Du –!«

»Nein.«
»Ja.«
»Wem ich das erzähle …!
Ob mir das einer glaubt –!«
– »Und überhaupt –!«
»Und überhaupt –!«
»Und überhaupt –!«

Ihr meint kein Wort von dem, was ihr sagt:
Ihr wißt nicht, was euch beide plagt.
Was ist der Nagel jeder Ehe?
Zu langes Zusammensein und zu große Nähe.

Menschen sind einsam. Suchen den andern.
Prallen zurück, wollen weiter wandern …
Bleiben schließlich … Diese Resignation:
Das ist die Ehe. Wird sie euch monoton?

Zankt euch nicht und versöhnt euch nicht:
Zeigt euch ein Kameradschaftsgesicht
und macht das Gesicht für den bösen Streit
lieber, wenn ihr alleine seid.

Gebt Ruhe, ihr Guten! Haltet still.
Jahre binden, auch wenn man nicht will.
Das ist schwer: ein Leben zu zwein.
Nur eins ist noch schwerer: einsam sein.

Dein Lebensgefühl

Dein tiefstes Lebensgefühl –
wann hast du das gehabt?
Mit einem Freund?
Immer allein.

Einmal, als du an der Brüstung des Holzbalkons standest,
da lag das Schloß Gripsholm, weit und kupplig,
und da lag der See
und Schweden,
und die staubige Waldecke –
und auf der dunkelgrün etikettierten Platte sang ein Kerl im
    Cockney-Englisch: »What do you say …?«
und da fühltest du:
Ich bin.

So war dein Lebensgefühl.
Mit einer Frau?
Immer allein.

Einmal, als du nachts nach Hause gekommen bist
von einer vergeblichen Attacke
bei der großen Blonden,
elegant-blamiert, literarisch hinten runtergerutscht,
gelackt, abgewinkt: danke, danke!
da standest du vor deinem runden Nachttisch

und sahst in das rosa Licht der Lampe
und tatest dir leid, falsch leid, leid
und fühltest:
Ich bin.

So war dein Lebensgefühl…
In der Masse?
Immer allein.

Es ist so selten, das Lebensgefühl.
Casanova hatte es einmal.
Vierter Band.
Er sieht bei seiner Geliebten Rosalinde
zwei Kinder, die er ihr vor Jahren gemacht hat,
schlafend, in einem Bett, Mädchen und Knabe.
Sie zeigt sie ihm,
hebt die Bettdecke hoch, die junge Sau,
die Mutter,
um ihn anzugeilen,
um ihm Freude zu machen,
was weiß ich.
Und er sieht:
wie der Knabe im Schlummer seine Hand auf den Bauch
des Mädchens gelegt hat.
»Da empfand ich«,
schreibt Casanova,
»meine tiefste Natur.«
Das war sein Lebensgefühl.

Verschüttet ist es bei dir.
Du wolltest leben
und kamst nicht dazu.
Du willst leben
und vergißt es vor lauter Geschäftigkeit.
Du willst das spüren, was in dir ist,
und hast eifrig zu tun mit dem, was um dich ist –
Verschüttet ist dein Lebensgefühl.

Wenn du tot bist, wird es dir sehr leid tun.
Noch ist es Zeit –!

Schicksalslied

Bald fehlt uns der Wein –
Bald fehlt uns der Becher.
Hebbel

Gehst du abends spät nach Hause,
naßkalt, müde nach der Klause –
    mußt du heimwärts hinken?
Dafür hast du keinen Faible,
und du lugst durch blauen Nebel,
    wo zwei Lichter blinken.
Und da ratterts. »Hallo, Kutscher!« Der sieht gar nicht hin.
Kommt schon mal ne leere Droschke – dann sitzt einer drin!

Dieses scheint mir allegorisch.
Eine liebt ich dilatorisch.
    Wartete sechs Wochen.
Endlich kehrt sie heim zu Muttern.
Darf ich dich mit Liebe futtern?
    Hör mein Herzlein pochen!
Doch sie lächelt: »In acht Monden bin ich Wöchnerin!«
Kommt schon mal ne leere Droschke – dann sitzt einer drin!

Neuer Chef im Amt. Wie ist er?
Kabinettssturz. Die Minister
    gehen, kommen, wechseln.

Heut auf schwarz-weiß-roten Kissen,
morgen durch die Brust geschossen –
        Laß sie Noten drechseln!
Dies, mein Sohn, in einem Satze ist des Lebens Sinn:
Kommt schon mal ne leere Droschke – dann sitzt einer drin!

Letzte Fahrt

An meinem Todestag – ich werd ihn nicht erleben –
da soll es mittags Rote Grütze geben,
mit einer fetten, weißen Sahneschicht ...
Von wegen: Leibgericht.

Mein Kind, der Ludolf, bohrt sich kleine Dinger
aus seiner Nase – niemand haut ihm auf die Finger.
Er strahlt, als einziger, im Trauerhaus.
Und ich lieg da und denk: »Ach, polk dich aus!«

Dann tragen Männer mich vors Haus hinunter.
Nun faßt der Karlchen die Blondine unter,
die mir zuletzt noch dies und jenes lieh ...
Sie findet: Trauer kleidet sie.

Der Zug ruckt an. Und alle Damen,
die jemals, wenn was fehlte, zu mir kamen:
vollzählig sind sie heut noch einmal da ...
Und vorne rollt Papa.

Da fährt die erste, die ich damals ohne
die leiseste Erfahrung küßte – die Matrone
sitzt schlicht im Fond, mit kleinem Trauerhut.
Altmodisch war sie – aber sie war gut.

Und Lotte! Lottchen mit dem kleinen Jungen!
Briefträger jetzt! Wie ist mir der gelungen?
Ich sah ihn nie. Doch wo er immer schritt:
mein Postscheck ging durch sechzehn Jahre mit.

Auf rotem samtnen Kissen, im Spaliere,
da tragen feierlich zwei Reichswehroffiziere
die Orden durch die ganze Stadt,
die mir mein Kaiser einst verliehen hat.

Und hinterm Sarg mit seinen Silberputten,
da schreiten zwoundzwanzig Nutten –
sie schluchzen innig und mit viel System.
Ich war zuletzt als Kunde sehr bequem.

Das Ganze halt! Jetzt wird es dionysisch!
Nun singt ein Chor: Ich lächle metaphysisch.
Wie wird die schwarzgestrichne Kiste groß!
Ich schweige tief.
Und bin mich endlich los.

Anstelle eines Nachworts

Erich Kästner

Begegnung mit Tucho

Sehr oft bin ich ihm nicht begegnet. Denn als ich 1927 nach Berlin kam, um das Fürchten zu lernen, hieß sein Wohnort schon: Europa. Bald hauste er in Frankreich, bald in Schweden, bald in der Schweiz. Und nur selten hörte man: »Tucho ist für ein paar Tage in Berlin!« Dann wurden wir eilig in der Douglasstraße zusammengetrommelt. »Wir«, das waren die Mitarbeiter der »Weltbühne«: Carl von Ossietzky, Arnold Zweig, Alfred Polgar, Rudolf Arnheim, Morus, Werner Hegemann, Hermann Kesten und einige andere. Tucholsky saß dann zwischen uns, keineswegs als sei er aus Paris oder Gripsholm, sondern höchstens aus Steglitz oder Schöneberg auf einen Sprung in den Grunewald herübergekommen; und kam er gerade aus der Schweiz, so dachte man, während man ihm belustigt zuhörte, nicht ganz ohne Besorgnis: Da werden nun also alle Eidgenossen berlinern!

An solchen Abenden ging es hoch her. Da wurden das Weltall und die umliegenden Ortschaften auseinandergenommen. Emmi Sachs und das Dienstmädchen reichten kleine Brötchen und große Cocktails herum. Und Edith Jacobsohn, die Verlegerin, blickte wohlgefällig durch ihr Monokel. Einmal, weiß ich noch, war meine Mutter, die mir aus Dresden frische Wäsche gebracht hatte, dabei. Sie saß leicht benommen inmitten der lauten Männer, die sie nicht kannte, und hörte von Büchern und Menschen reden, die sie noch weniger kannte. Da rückte Tucholsky seinen Stuhl neben den ihren und unterhielt sich mit ihr über mich. Er lobte ihren »Jungen« über den grünen Klee, und das verstand sie nun freilich. Das war ihr Spezialgebiet. Er aber sah mich lächelnd an und nickte mir zu, als wollte er sagen: So hat jeder seine Interessen – man muß sie nur herauskriegen!

Ein einziges Mal, 1931 oder 1932, war ich länger mit ihm zusammen. Vierzehn Tage lang, und das war purer Zufall. Am Ende einer Schweizer Urlaubsreise war ich in Brissago gelandet. Am Lago Maggiore, nicht weit von Locarno. In Brissago lag ein schönes, großes, bequemes Hotel mit einem alten Park, einem sandigen Badestrand und anderen Vorzügen. Hier gedachte ich ein neues Buch anzufangen, mietete außer einem Balkonzimmer noch einen zweiten Balkon und zog jeden Tag mit der Sonne und einem Schreibblock von einer Hotelseite zur anderen, ließ mich braunbrennen, blickte auf den See hinunter und malte zögernd kariertes Papier mit Wörtern voll. Als ich eines Abends – ich war schon mehrere Tage da – beim Portier nach Post fragte, sah ich einen großen Stapel Postpakete liegen. Das konnten nur Bücher sein! Und auf jedem der Pakete stand: »An Herrn Dr. Kurt Tucholsky. Absender: die Redaktion der Weltbühne.« Wir waren einander noch nicht begegnet, weil er dauernd in seinem Dachzimmer gehockt und auf der Reiseschreibmaschine klaviergespielt hatte. Denn Ossietzky brauchte Artikel. – Am Abend saßen wir miteinander in der Veranda, tranken eine Flasche Asti spumante und freuten uns wie die Kinder, wenn sie eine Gelegenheit entdeckt haben, sich von den Schularbeiten zu drücken. Wir blickten auf den See, und es war, als führen wir auf einem großen langsamen Dampfer durch die gestirnte Nacht. Beim Mokka wurden wir dann wieder erwachsen und organisierten die neue Situation. Tagsüber, schworen wir, wollten wir uns nicht stören, sondern tun, als ob der andere überhaupt nicht da wäre. Einander flüchtig zu grüßen, wurde einstimmig konzediert. Abends wollten wir uns dann regelmäßig zum Essen treffen und hinterdrein ein paar Stunden zusammen sein.

So geschah es auch. Während ich tagsüber am Strand lag oder von einem Balkon zum anderen zog, damit in meinem Reich die Sonne nicht untergehen möge, klapperte Tucholskys Schreibmaschine unermüdlich, der schönen Stunden und Tage nicht achtend. Der Mann, der im Dachstübchen schwitzte, tippte und Pfeife rauchte, schuftete ja für fünf – für Peter Panter, Theobald Tiger, Ignaz Wrobel, Kaspar Hauser und Kurt Tucholsky in einer Person! Er teilte an der kleinen Schreibmaschine Florettstiche aus, Säbelhiebe, Faustschläge. Die Männer des Dritten Reiches, Arm in Arm mit den Herren der Reichswehr und der Schwerindustrie, klopften ja damals schon recht vernehmlich an Deutschlands Tür. Er zupfte sie an der Nase, er trat sie gegen das Schienbein, einzelne schlug er k.o. – ein kleiner dicker Berliner wollte mit der Schreibmaschine eine Katastrophe aufhalten.

Abends kam er, frisch und munter, zum Essen an unseren Verandatisch herunter. Wir sprachen über den Parteienwirrwarr, über die wachsende Arbeitslosigkeit, über die düstere Zukunft Europas, über die »Weltbühne« natürlich, über neue Bücher, über seine Reisen. Und wenn wir später am See oder im Park spazierengingen, gerieten wir meistens ins Fachsimpeln. Dann war vom Satzbau die Rede, von Chansonpointen, von der »Überpointe« in der letzten Strophe und ähnlichem Rotwelsch. In einer entlegenen Ecke des Parks stand, in einer kleinen, von Oleanderbüschen umgebenen Orchestermuschel, ein altes, verlassenes Klavier. Manchmal setzte er sich an den ziemlich verstimmten Kasten und sang mir Chansons vor, die er für »Schall und Rauch«, für Gussy Holl, für Trude Hesterberg und andere geschrieben hatte. Diese Vortragsabende für einen einzigen Zuhörer, am abendlichen See und wahrhaftig unter Palmen, werde ich nicht vergessen.

Oft war er niedergeschlagen. Ein Gedanke quälte und verfolgte ihn. Der Gedanke, was aus dem freien Schriftsteller, aus dem Individuum im Zeitalter der Volksherrschaft werden solle. Er war bereit, dem arbeitenden Volk und dem Sozialismus von Herzen alles hinzugeben, nur eines niemals: die eigene Meinung! Und dann marterte ihn damals schon, was ihn immer mehr und immer unerträglicher heimsuchen sollte – mit keinem Mittel zu heilende, durch keine Kur zu lindernde Schmerzen in der Stirnhöhle.

Als wir uns trennten, wußten wir nicht, daß es für immer sein werde. Ich fuhr nach Deutschland zurück. Bald darauf schlug die Tür zum Ausland zu. Eines Tages hörten seine Freunde und Feinde, daß er aus freien Stücken noch einmal emigriert war. Dorthin, von wo man nicht wieder zurückkehren kann.

Alphabetisches Verzeichnis der Gedichttitel

Kurt Tucholsky im Diogenes Verlag

»Kurt Tucholsky ist in der Geschichte der deutschen Literatur des zwanzigsten Jahrhunderts ohne Konkurrenz, ja wir können uns ohne ihn das geistige Leben Deutschlands in der ersten Hälfte des zwanzigsten Jahrhunderts schwerlich vorstellen. Er konnte schlechthin alles: In seinem Werk finden sich satirische, lyrische und essayistische, epische und dramatische Elemente. Wahrlich, nichts Literarisches war ihm fremd. Man übertreibt nur wenig, wenn man sagt: Was den Deutschen einst Wilhelm Busch, das ist ihnen immer noch Kurt Tucholsky. Zusammen mit Erich Kästner und wohl auch Eugen Roth gehört er zum Standardrepertoire des deutschen Humors unserer Zeit.« *Marcel Reich-Ranicki*

Die schönsten Gedichte
Ausgewählt von Daniel Kampa

Schloß Gripsholm
Eine Sommergeschichte

Rheinsberg
Ein Bilderbuch für Verliebte
Illustriert von Tatjana Hauptmann

Sehnsucht nach der Sehnsucht
Die schönsten Liebesgedichte
von Kurt Tucholsky
Ausgewählt von Daniel Keel
und Daniel Kampa

Das Tucholsky Lesebuch
Herausgegeben von Daniel Keel
und Winfried Stephan